플라멩코
추는 남자

제11회 혼불문학상 수상작

플라멩코
추는 남자

허태연
장편소설

다산
책방

목차

1. 거래의 조건

"그래, 이 일을 배운 지는 얼마나 됐나?"

샛노란 볼보 굴착기에서 뛰어내린 남훈 씨는 마스크를 눈 밑까지 끌어올렸다. 봄의 햇살 아래 종일 먼지를 쓴 굴착기가 뜨끈뜨끈하니 달구어져 있었다. 그는 검은 뿔테를 추어올리며 어쩔 줄 몰라 하는 청년을 끌고 작업장 모퉁이의 바위에 올라앉았다.

"만으로…… 한 3년 됐습니다."

손가락을 천천히 접어보고 청년이 말했다. 청년이라고는 해도 푸석푸석하게 겉늙은 청년이랄까. 이제 막 예순일곱 생일을 넘긴 남훈 씨의 눈에도 싱싱하거나 옹골찬 청춘은 분명 아니었다. '마흔쯤 됐겠는데. 잘해야 서른여덟.' 남훈 씨는 실눈을 뜨고 상대를 훑어보았다. 굽은 허리며 축 처진 어깨가 도무지 마음에 들지 않았다.

"그래, 어쩌다 이 일을 하게 됐어?"

남훈 씨가 묻자 늙다리 청년의 눈동자가 흔들렸다. 그것은 인상적일 만큼 자그맣고 희미한 빛깔을 띠고 있었다.

"그냥 뭐. 기술이 필요해서죠."

청년이 꼼꼼히 마스크를 추어올렸다.

"원래 꿈은 뭔가? 결혼은 했어?"

"그런 것까지 말해야 하나요?"

남훈 씨는 바위에서 내려와 허리를 꼿꼿이 폈다.

"이건 말야, 2012년식 볼보 굴착기야. 보다시피 03더블 버킷을 달고 있지." 남훈 씨가 자신의 샛노란 굴착기를 손으로 가리켰다. "초짜들은 버킷이 06더블은 돼야 폼 난다고 할 테지만, 03더블도 충분해. 처음 일하기엔 더욱 그렇지. 02더블로 시작하는 게 가장 흔하지만, 그건 좀 답답하거든. 내게는 그래."

"그렇군요."

청년이 말했다. 콩알만 한 눈동자가 강한 햇살에 부딪혀 더 작게 조여들었다.

"10년 됐어. 이 굴착기 말야." 남훈 씨가 말했다. "그런데 말이지, 그렇게 보여? 험하디험한 공사판에서 10년이나 구른 것처럼 보이느냐고."

움츠러든 어깨를 펴며 청년이 일어났다. 자갈과 흙이 섞인 작업장을 경중대는 걸음새가 꼭 어린아이의 그것 같았다.

"아닙니다. 그렇지 않네요."

남훈 씨는 흡족한 듯 고개를 끄덕였다.

"자, 이쪽으로 와서 내부를 한번 보게."

그가 굴착기의 문을 열고 운전석 안쪽을 보여주었다. 청년의 자그마한 눈동자가 잽싸게 번뜩였다.

"좋은데요. 정말 좋습니다."

"어떻게, 뭐가 좋은데?"

남훈 씨는 으스댔다.

"깨끗해요. 그리고 예쁩니다."

남훈 씨의 미간이 대번에 일그러졌다.

"자네 말야. 결혼 못 했지?"

"예?"

뜻밖의 질문에 청년의 목덜미가 움츠러들었다.

"애인도 없지?"

벌겋게 상기된 낯으로 청년은 말이 없었다.

"이봐, 누구하고든 제대로 된 거래를 하고 싶다면, 이런 걸 설명할 줄 알아야 돼. 우선 이 시트를 보게. 그리고 이 발판을 봐. 이게 10년이나 된 거라면 아무도 안 믿지. 난 매일 새벽 일어나 이걸 털고 또 닦아왔네. 그리고 이건 바워스앤윌킨스의 1400와트짜리 스피커야. BMW에 장착되는 거지. 자, 보게. 발판 밑으로 좌우, 차량 천장에 앞뒤. 이게 엄청나게 입체적인 음향을 들려준다고. 무딘 사람들은 공사판에서 무슨 음악을 듣느냐지만, 이건 작업능률과 삶의 질이 달린 문제야. 공사판에서의 일이란 기다림의 연속이거든. 돌발적인 문제가 아주 많이 일어나."

"그렇지요."

늙다리 청년이 고개를 주억거렸다.

"그래, 부모님은 뭘 하시나?"

"그냥…… 집에 계세요. 이제는 은퇴하시고……."

청년은 두 발을 흙바닥에 비비적댔다.

"그래? 그렇다면 자네는 이 일을 오래 해야겠군. 이 일을 통해 얻으려는 구체적인 목표가 있나? 경제적인 목표 말야."

"저…… 정말 그런 것까지 말해야 하나요? 전 그저 영감님께 중고 굴착기 하나 사려는 것뿐인데요."

영감님이라니. 남훈 씨는 기분이 확 나빠졌다.

"오천이야. 이 굴착기."

남훈 씨가 말했다.

"네? 하지만 통화하실 땐 분명 사천이백이라고……."

"그래 봤자 팔백 차이야. 열심히만 일한다면 그까짓 거

금방 아닌가?"

"하지만…… 알겠습니다." 청년이 한숨을 푹 쉬었다. "그렇게 하시죠."

노인네 줄방귀같이 힘없는 소리를 듣고 있자니, 남훈 씨는 자신의 기운까지 모래알처럼 새어 나가는 것만 같았다. 그는 버럭 소리를 쳤다.

"이봐, 자네는 왜 그렇게 패기가 없나? 돈 팔백이 우스워? 자네 같은 사람이랑 거래 못 하네!"

기겁하며 허둥대는 청년을 두고, 남훈 씨는 자신의 볼보 굴착기에 재빨리 올라탔다. 그는 능숙한 솜씨로 굴착기를 돌려 매끈한 아스팔트로 스르륵 올라섰다. 머리에 붙은 벌레라도 털듯 남훈 씨는 고개를 젓고 CD플레이어의 재생 버튼을 꾹 눌렀다. 그러자 서라운드 스피커에서 카라얀이 지휘하는 베토벤 교향곡 「합창」의 하이라이트가 터져 나왔다. 100명의 합창단과 60여 명의 오케스트라가 힘차게 내뿜는 열정 속에 도로의 잡음이 소멸하자 클래식 공연장에 홀로 앉은 듯 마음이 평화로웠다.

"가만있어 봐. 물건을 보자고 한 녀석이 두엇 더 있었지, 아마?"

중장비 전용 주차장에 굴착기를 세우고, 남훈 씨는 휴대폰을 들여다봤다. 그는 두 사람에게 문자를 넣어 내일 오후에 만나자는 제안을 했다. 둘 모두에게서 금세 답이 왔기 때문에 남훈 씨는 홀가분한 마음으로 발길을 돌려 집으로 갔다. 왈카닥 성을 내서 그런지 평소보다 더 배가 고팠다.

2. 마흔하나, 청년일지

"여보, 나 밥 줘."

집으로 들어서자마자 남훈 씨는 마스크를 벗어 쓰레기통에 접어 넣었다. 평소 같으면 달그락대는 그릇 소리와 함께 구수한 음식 냄새가 풍겼을 텐데, 집 안은 고요하고 싸늘했다. 남훈 씨는 또다시 기분이 나빠졌고, 어둠 속에서 벽을 더듬어 거실 등을 켰다. 외출복을 갈아입지도 않고 아내는 소파 위에 늘어져 있었다.

"오늘은 그냥 아무거나 시켜 먹어요."

아내가 말했다. 목소리가 마치 사위어가는 불씨 같았다.

'아무거나'라니! 남훈 씨의 목덜미가 뻣뻣해졌다. '아니, 내가 이 집 가장인데 종일 밖에서 일하고 와 아무거나 먹어야 하나? 어떤 녀석이 어디서 어떻게 만든 건지도 모르는 걸? 플라스틱에 담겨 오는 그따위 걸?'

"되지도 않는 소리. 일어나 밥해."

작업용 점퍼를 벗어 던지고 남훈 씨는 욕실로 갔다. 아니나 다를까. 얼마 지나지 않아 주방에서 가스 불 켜는 소리가 났다. 그럼 그렇지. 그는 흡족한 마음으로 샤워를 했다.

"오늘은 간단히 국수로 해요."

남훈 씨가 주방으로 가니 아내는 어깨를 오그린 채 김치를 썰고 있었다.

"밥 없어?"

또 한 번 남훈 씨가 채근을 하자 이번에는 아내도 참지 않고 그를 쏘아보았다. 하는 수 없이 그는 식탁 앞에 자리를 잡고 앉았다. 삶은 국수 위에 올라앉은 김치 쪽이 초라하기 그지없었다. 남훈 씨가 막 그것을 따지려는데 현관에서 도어록 여는 소리가 났다.

"다녀왔습니다."

대학을 졸업한 해 임용고사에 붙어 중학교에서 일하는 딸아이가 봉지를 흔들며 주방으로 왔다.

"엄마, 국수 했어요? 오늘 요양원에서 힘들었대서 치킨 좀 사 왔는데."

'힘들었다고? 뭣 때문에?' 남훈 씨는 아내와 딸이 자기만 빼고 나눈 얘기가 있단 사실에 또다시 화가 났다.

"너는 월급 타 그런 데 쓰니? 돈 모아 시집갈 생각을 해야지!" 남훈 씨는 파르르 성을 냈다. "그리고 당신 말인데, 여기 지단 좀 없어."

"지금 나더러 계란을 부치라고요?"

아내가 눈을 치뜨며 물어보았다. 남훈 씨는 그러한 태도에 당황하며 자기 요구가 지나친 모양이라고 생각했지만, 상황이 이렇게 된 이상 그걸 꼭 먹어야겠다는 고집이 섰다. 한두 번 원하는 걸 포기하다 보면, 나중에는 국수에 간장만 뿌려 먹으라고 줄 수도 있는 것이다.

"그래. 뭐 어려워? 익히는 건 가스 불이 하고 자르는 건 칼이 하잖아."

"아, 엄마 내가 할게."

딸 선아가 눈치를 보고 끼어들었다.

"안 돼. 네 엄마가 해야 돼." 남훈 씨는 또다시 고집을 부렸다. "네 지단은 너무 두꺼워. 그게 무슨 지단채냐, 걸레쪽 같은 계란부침이지!"

이쯤 되자 남훈 씨도 자기 말이 지나쳤다는 걸 부정할 수가 없었다. 하지만 상황을 이렇게 만든 건 어디까지나 아내와 딸이었다. 억울하고 소외된 기분에 그의 가슴이 확 미어졌다.

"아서라. 손이나 씻어."

아내는 조용히 돌아서 냉장고 문을 열었다. 그리고 계란 두 알을 꺼내 가볍게 깨뜨렸다.

고운 지단을 얹어놓은 국수에서는 아무런 맛도 느껴지지 않았다. 남훈 씨는 거실에 앉은 모녀가 도란대는 것을 훔쳐 듣느라 국수를 입으로 먹는지 코로 먹는지 헷갈릴 지경이었다.

"엄마, 맛없어? 전에는 좋아했잖아. 더 먹지."

"아냐 맛있어. 그런데 오늘은 좀 부대끼네."

"따뜻한 물 갖다줄까?"

"그래, 그럼 고맙겠다."

모녀는 서로 다독이며 자기들끼리 치킨을 먹고 있었다. 물론 선아가 남훈 씨에게 치킨을 좀 덜어 주기는 했다. 하지만 그건 어디까지나 그를 달래기 위함이지, 진정 그를 위해 챙겨주는 느낌은 아니었다. 알량한 자존심 때문에 식탁에선 그것을 먹을 수 없어, 남훈 씨는 일어섰다. 그리고 속이 상해 어쩔 줄 모르겠다는 듯 쌩하니 돌아서 치킨 접시를 들고 서재로 갔다. 그러자 아내와 딸의 목소리는 더 작아져 그를 감질나게 했지만, 일단 그렇게 들어와 버린 이상 무슨 말을 걸기도 어렵게 되고 말았다.

아내와 딸 몰래 한 입 베어 문 치킨은 짭조름하고 고소하니 참으로 맛있었다. 어떤 녀석이 무슨 생각을 하며 튀겼는지는 몰라도 소중한 딸아이가 사 온 거니까, 남훈 씨는 마치 딸 선아가 그것을 손질하고 고생스레 튀기기라도 한 양 야금야금 아껴 먹었다. 말이 나왔으니 말이지만, 마흔넷에 어렵게 얻은 딸이었다. 이제 와 그가 은퇴를 하고 인생 제3막을 시작하려는 것도 딸이 안정된 직장을 잡았기에 가능한 일이었다. 물론 아이가 그렇게 잘 자란 건 인내심 많고 다정한 아내의 성품 덕분이겠지. 남훈 씨는 그 사실을 잘 알았다. 하지만 배가 고플 때 제대로 된 음식을 먹지 못하면 그의 속이 뒤집힌다는 걸 모녀는 알고 있었다. 남훈 씨의 뱃속에서 불길이 치솟았다.

'지금도 이런 식인데, 은퇴하면 얼마나 더 무시를 할까? 굴착기 거래를 없던 일로 해야겠다!'

방바닥을 더듬어 휴대폰을 집으려다 남훈 씨는 자신이 그것을 식탁 위에 두고 왔음을 기억해냈다. 제기랄. 그는 힘없이 바닥에 드러누웠다 곧바로 일어났다. 먹고 바로 누웠더니 신물이 올라와 견딜 수가 없었다. 그는 커다란 책장 옆에 놓인 장식장을 멍하니 바라봤다. 싸구려 합판으로 만들어진 그것은 그가 혼자 살던 때 장만한 것이었다. 엉덩이로 슬슬 기어가 그는 좁다란 문을 열었다. 남훈 씨는 퀴퀴한 냄새를 손으로 흩어 치우고 허름한 노트를 끄집어냈다.

삭아빠진 가죽 표지를 열자 '청년일지'라는 글자가 단정한 필체로 적혀 있었다. 바로 이것 때문에, 남훈 씨는 은퇴를 결심했다.

"술 한 방울만 더 드시면 그땐 진짜 죽는 겁니다."

마흔한 살 되던 해 겨울, 병원에서 정신을 차리자마자 젊은 의사는 엄포를 놨다. 남훈 씨는 그 말의 의미보다도, 그 의사가 자기보다 젊다는 사실 때문에 고통을 느꼈다.

"아저씨, 어쩜 그럴 수 있어?" 의사 뒤에서, 하숙집 안주인이 얼굴을 내밀었다. "완전 시체 치우는 줄 알았잖아!"

"죄송합니다."

몸져누운 와중에도 남훈 씨는 고개를 조아렸다.

"우리가 하숙으로 먹고사는데, 방에서 그렇게 술을 퍼먹고 피를 토하고……. 사람들이 얼마나 놀랐는지 알아? 하여간 몸 낫는 대로 방을 좀 빼줘. 이런 때 이런 말 야속하겠지만, 우리도 방 세 개로 먹고사는 처지야. 아저씨도 알잖아. 응?"

가느다란 입술을 꽉 물고, 남훈 씨는 고개를 주억였다. 애써 고개를 옆으로 틀자 뜨거운 눈물이 귓바퀴로 고여 들었다.

"급한 대로 병원비는 우리가 냈어."

집주인은 말하고 남훈 씨를 흘끔거렸다. 그 눈길에 안타까움과 미움이 동시에 담겨 있음을 남훈 씨는 분명 느꼈다. 그가 늦은 밤 만취해 귀가할 때나 주말마다 술병으로 누워 있을 때 혀를 차며 건네던 눈빛이었다.

"병원비는 머잖아 꼭 갚아드릴게요."

"아이고 됐어. 정신이나 바짝 차려. 그놈의 술은 꼭 끊고."

집주인은 병실 문을 급히 나섰다.

퇴원을 하자마자, 남훈 씨는 시내에서 제일 큰 문구점으로 가 제일 비싼 노트를 샀다. 근사하게 꾸며진 소가죽 표지의 두툼한 노트였다. 그는 새로 구한 하숙집에 쥐 죽은 듯 틀어박혀 표지를 뒤로 넘겼다. 부담스러울 만큼 새하얀 속표지에 그는 '청년일지'라는 제목을 써넣었다.

마흔셋에 아내를 만나 마흔넷에 선아를 얻은 후 일지의 작성은 뜸해졌지만, 거기에 젊은 시절의 각오가 담겨 있다는 것을 남훈 씨는 잊은 적 없다. 구체적으로 무슨 말을 어떻게 썼는지는 기억이 희미해도, 남은 생애 꼭 이루고픈 목표들을 적어뒀다는 건 분명히 알고 있었다.

치킨 먹던 손가락을 티슈로 닦고 책장을 넘기며 남훈 씨
는 심장이 뛰는 것을 느꼈다. 뱃속이 간지럽고 미소가 절로
나는 낯선 기분이 그의 몸을 휘감았다.

'그래, 어떤 멋진 계획이 적혀 있을까?'

남훈 씨는 책장을 뒤로 넘겼다. 외국어를 배우고 세계 여
행을 하겠노라 적었던 때가 분명히 기억났다.

1995년 12월 14일.

어제, 나는 죽고 말았다.

그리고 오늘, 새롭게 태어났다.

이제 나는 인생의 제2막을 시작하며 긍정적이고 밝은 마음
으로만 세상을 대할 것을 엄숙히 다짐한다.

'긍정적이고…… 밝은 마음으로?'

남훈 씨는 슬그머니 미간을 찌푸렸다. 그것은 불쾌감 때
문이라기보다 부끄러움 때문이었다. 그는 천천히 책장을
뒤로 넘겼다. 각각의 날짜에 쓴 체험과 계획이 큼직한 필체
로 적혀 있었다.

"뭐야?"

날카롭게 외치고 남훈 씨는 헤싱헤싱한 머리통을 벅벅

읽었다.

"아니 이건, 이제 와서 이건……."

똑똑똑. 누군가가 조용히 서재 문을 열었다.

"아빠, 왜 그래요? 무슨 일 있어?"

근심스러운 얼굴로 딸 선아가 물어보았다.

"아냐, 아빠 아무렇지도 않다." 남훈 씨는 말했다. "가 쉬어. 오늘 애썼다."

3. 늙다리 청년의 곧은 필체

이 흠잡을 데 없이 아름답고 튼튼한 녀석을 누군가에게 넘기는 게 이다지도 힘들 줄은 몰랐다. 남훈 씨는 자신의 볼보 굴착기를 볼 때마다 탐을 내며, 그걸 팔려거든 꼭 언질을 달라던 이들의 얼굴을 가만히 떠올렸다. 기왕이면 그도 안면 있는 이에게 물건을 주고 싶었다. 그것의 가치를 알아봐 주기만 하면 얼마쯤 손해 볼 각오도 했다. 하지만 공사판의 능글맞은 인사들은 남훈 씨가 물건을 팔겠다고 하자마자 태도를 바꿔 굴착기를 멋대로 폄훼하기 시작했다.

"10년이나 됐으니까 이제는 중고 중의 중고군요."라고 텁석부리 오 씨는 이야기했다. 몸은 비쩍 말랐지만 강골인 곽 가는 굴착기를 훑어보며 "볼보보다는 현대가 수리 받기엔 좋지." 하고 남훈 씨의 속을 긁었다. 물론 다들 세상 물정을 아는 만큼, 깎아달라고 제안한 값이 남훈 씨의 예상 금액을 크게 벗어나지는 않았다. 하지만 남훈 씨가 값을 관대하게 깎아주는 것과 상대방이 억척스레 깎아대는 게 같은 기분일 순 없었다.

　'청년일지'를 덮어두고, 남훈 씨는 서재에 박혀 굴착기를 팔까 말까 고민했다. 식구들에게 떵떵대며 대접받으려면 이 일을 계속하는 게 좋을 거였다. 어차피 마음에 드는 매수자도 없지 않은가? 하지만 은퇴라는 글자가 무거운 닻처럼 그의 마음속에 자리를 잡고 있었다. 생각하면 너무 오래 미뤄온 일이었다. 그는 죽음의 고비를 넘기고 힘겹게 다짐한 것을 이루어야 할 책임을 느꼈다. 3년만 지나면 그의 나이도 일흔. 아직은 건강에 이상이 없지만, 앞으로 어떻게 되는지 알 수 없었다. 재작년 겨울 코로나19가 유행하면서 불안은 더욱 커졌다. 26년 전, 그가 죽음의 위기를 넘긴 것도 꼭 그런 겨울이었다. TV 뉴스에 코로나19로 죽은 사람들 얘기가 나올 때마다 남훈 씨는 망자의 나이를 주의 깊게 살폈다. 공사장에서 감염되는 경우도 부지기수여서, 그는 2년간 여덟 번이나 코로나19 검사를 받았다. 요양원에서 일하는 그의 아내는 매달 정기적으로 검사를 받고 있었다.

　"콧속 어딘지 모르겠는데. 목구멍하고 코하고 사이 어딘데……. 선아 아빠, 나 거기 아파요."

　코로나19 검사를 하고 온 날이면 아내는 잠을 설쳤다.

　"비비고 싶은데 손이 안 닿아."

잠결에 들은 말이 왜 그토록 남훈 씨의 가슴을 아프게 했는지 모른다. 손 닿지 않는 곳이 아프단 말이. 아내에게 어떤 동질감을 느끼고, 그는 슬그머니 일어나 서재로 갔다. 졸린 눈을 비비며 방구석에 처박힌 가습기를 찾았고 욕실로 가져가 내부를 싹싹 닦았다.

중고 굴착기를 사겠노라 문자를 보낸 인물을, 남훈 씨는 중장비 전용 주차장에서 보기로 했다. 일요일 오후 3시. 분침은 물론 초침까지 맞춰 나타난 사내는 대략 30대 후반 같았다. 선글라스를 끼고 개구리복을 입은 폼이 어딘가 수상쩍었다. 요전에 만난 녀석보다 체구가 크고 몸짓이 재발랐지만, 일꾼이라기에는 살집이 투실했다.

"이야, 정말 깨끗하게 쓰셨네요."

색안경을 벗고 청년이 한마디 했다.

"그렇다네. 10년 동안 2만 시간 운전했다면 아무도 안 믿지."

남훈 씨는 불룩한 배를 내밀고 벌쭉 웃었다. 그러면서 속으로는 '2만 시간'에 대한 상대의 의심과 그것을 빌미로 한 가격 후려치기를 단단히 대비했다. 하지만 다부진 청년은 그런 것엔 관심이 없는 듯했다.

"네. 여기가 노란색이니까, 여기 중간에 빨간 칠을 하고, 이 팔을 떼어 차체 뒤로 옮기면……."

"잠깐, 팔을 떼서 뒤로 옮기면 버킷을 어떻게 쓰게?"

남훈 씨의 눈썹이 기울어졌다. 다부진 청년은 어깨를 움찔하더니 천천히 돌아섰다.

"저는…… 일을 하려고 이 물건을 사려는 게 아닙니다."

꽤 시간이 흐르도록 남훈 씨는 그 말을 이해 못 했다.

"원, 그게 무슨 소린지?"

허허 웃는 남훈 씨를 보며 다부진 청년이 어깨를 으쓱였다.

"「용자경찰 제이데커」라고 아세요? 1996년 3월 21일부터 6월 4일까지 「로봇수사대 K캅스」라는 제목으로 MBC에서 방영된 일본 애니메이션이죠. 거기 나오는 '파워죠'가 굴착기에서 변형된 거거든요. 제가 '맥클레인'이랑 '덤프슨'은 모았는데, 아직 '파워죠'가 없어요. '삼림왕 빌드 허리케인'도 참 멋진데, 이건 연두색이 아니네요. 도장을 하면 그렇게 만들 수도 있지만, 아무래도 '파워죠'가 좋겠죠. 이건 노란색이니까 최대한 본연의 색을 살리는 겁니다. 그런 다음 몇 가지 커스텀을 추가해……."

"그게 무슨 개코같은 소리야!" 남훈 씨는 자기도 모르게 성을 냈다. "그러니까 자네는 이걸 사서 장난감으로 쓰겠단 건가?"

"장난감이라뇨? 이게 얼마짜린데. 영감님, 요새 이런 건 예술품이라고 합니다. 그냥 두고 보는 거죠. 상상하는 거예요."

"안 돼! 이놈은 일을 해야 해. 직접 움직여야만 한다고!"

남훈 씨는 울분에 차 부르르 몸을 떨었다. 그러나 다부진 청년은 상대의 그런 반응을 보고도 놀란 기색이 전혀 없었다.

"하지만 영감님도 내부에 이것저것 튜닝을 하셨잖아요? 본질적인 의미에선 똑같은 거죠."

"뭐야? 아니 그건!"

파르르 성을 내려다 남훈 씨는 꿀꺽 삼켰다. 간밤에 들여다본 '청년일지'가 갑자기 떠오른 탓이었다. 그는 죽기 전 해야 할 일이 있었고, 그것을 실행하기 앞서 연습이 필요하다는 생각을 했다. 남훈 씨는 67년이나 세상을 살았으므로 무언가를 어느 날 갑자기 하려고 들면 안 된다는 걸 알았다. 은퇴한 날 0시부터 '자, 이제 달라지자!'라고 한댔자 그의 성미가 갑자기 우아하게 변화할 일은 절대로 없는 것이다.

나는 이 지긋지긋한 알코올중독의 삶을 끝내고 건강하게 살 것이다.

마흔한 살 겨울에 그는 그렇게 썼다. 문장은 이렇게 이어 졌다.

건강이란 육체의 것만을 뜻하는 게 아니며, 정신의 것도 포함되어야 온전하다. 오늘부터 내 삶의 목표는 늙어서 죽는 것이며, 멋지게 늙는 것이다. 그러니 우선 다른 사람 에게 상처 주는 말은 하지 말자. 그리고 어떤 경우에도, 상대가 화내기 전에는 결단코 화내지 말자.

잔뜩 일그러진 얼굴로 남훈 씨는 숨을 마셨다. 그리고 점 잖게 한마디 했다.
"이보게. 우리는 서로 품은 뜻이 다른 것 같네."

다음 약속까지는 30분 정도 남아 있어서 남훈 씨는 주차 장 뒤 개천가를 걷기로 했다. 전국적인 백신접종도 이제는 끝이 나, 몇몇 사람은 벌써부터 마스크 없이 걷고 있었다.

남훈 씨는 그래도 경각심을 놓지 않고 마스크를 단속했다. 도롯가에 선 왕벚나무에 자그만 꽃망울들이 송알송알 맺혀 있었다.

'그래, 그렇게 하면 되는 거야.' 남훈 씨는 자기가 거래를 끝낸 방식이 마음에 들었다. 까짓 성깔머리를 죽이는 것쯤 마음만 먹으면 얼마든 가능한 일인 것이다.

손목의 시계를 확인하고, 남훈 씨가 주차장으로 돌아갔을 때 그의 볼보 굴착기 앞에 웬 소년이 서 있었다. 열여덟? 어쩌면 스물? 마스크를 건 귀 옆으로 솜털이 보송한 걸 보고 남훈 씨는 웃었다. 선아가 아직 아내의 배 속에 있을 때, 남훈 씨는 아기가 아들일지 모른다 생각하고 상상의 나래를 한껏 펼쳤다. 녀석이 자라면 면도하는 법을 알려주고 중장비 운전하는 법도 알려줘야지. 하지만 막상 태어난 아이는 딸이었다.

"힐아버지가 이 장비 주인이세요?"

소년이 물었다. 변성기인지 목소리가 거칠고 드높았다. 남훈 씨는 그 소년이 자기의 거래 상대일 거라고는 상상도 못 했으므로 속으로 깜짝 놀랐다. '보아하니 어려운 집안 형편에 중장비 일을 배우려는 게야. 물건을 정말 사려는 게 아니다. 장래에 물건을 사려고 시장조사를 해보는 거지.' 애석한 마음을 숨기고 남훈 씨는 고개를 끄덕였다.

"그래, 약속 시간보다 5분이나 먼저 왔구나."

"네, 물건을 미리 좀 봐두려고요."

소년이 이야기했다. 남훈 씨는 그 소년과 피 한 방울 안 섞였지만, 대견하고 갸륵해 기분이 좋았다. 그래서 소년이 장비를 실컷 보도록 시간을 내주려 했다.

"야무지네. 장래 아주 성공하겠어." 남훈 씨는 슬그머니 다가가 운전석 문을 열었다. "그런데 말야. 자네, 이 차 직접 몰려는 건가?"

"그럼요."

소년은 3개월 전 발급받은 굴삭기운전기능사 자격증을 주머니에서 꺼내 들었다.

"하지만 말야, 자네……. 이 물건의 가격은 알고 왔나? 이거 아주 비싸다고."

"사천이백이죠. 잘 알고 있습니다."

소년은 가볍게 고개를 끄덕였다.

"글쎄, 자네한테 그만한 돈이 있는지 믿을 수가 없는데."

소년은 똘똘한 눈망울을 두어 번 깜빡거렸다.

"부모님이 돈을 모아두셨거든요. 제 대학 등록금 대신."

"부모님이?"

숨이 막혀, 남훈 씨는 말을 끊었다.

"네. 그 돈으로 주식을 하셨어요. 코로나 시국에 그게 꽤 올랐거든요."

차 문을 닫고, 남훈 씨는 커다란 발로 주차장 바닥을 쓱 비볐다.

"하지만 말야, 중장비를 산다고 곧바로 일을 얻게 되는 건 아냐. 공사장에서 적어도 2, 3년은 잡일을 해야 고용주들 눈에 들지. 그때 비로소 일을 받아 할 수가 있는 거야."

소년이 픽 웃었다.

"괜찮아요. 저희 삼촌이 자그만 건설사를 운영하시거든요."

벌게진 얼굴로, 남훈 씨는 무어라 소리치고 싶은 걸 겨우 참았다. 모든 게 준비된 이 새파란 녀석도, 약삭빠른 녀석의 부모도 단번에 싫어졌다.

"거! 흠흠. 우리는 서로 품은 뜻이 다른 것 같네."

남훈 씨가 말했다.

"뜻이요? 그게 무슨 말씀이죠? 돈을 더 달란 말씀인가요?"

"아냐! 그런 게!"

남훈 씨는 소리쳤다. 새파란 소년은 잠자코 서 있었다.

대체 요즘 애들은 어쩨 이렇게 겁이 없을까?

"무슨 말씀을 하시는 거예요, 그러면?"

"어쨌든, 이 물건을 너한텐 못 팔겠다는 거다."

"왜요?"

"내 마음이야!"

"이상한 할아버지네."

곱게 덮어 쓴 마스크를 내리고, 소년이 주차장에 침을 뱉었다. 그런 다음 잽싸게 돌아서 퀵보드를 타고 휭하니 사라졌다. 그 모습이 꼭 근두운에 올라탄 원숭이 같아 남훈 씨는 약이 올랐다.

젠장, 이제 어쩐다? 볼보 굴착기를 발끝으로 차다가 남훈 씨는 열불이 났다. 어제 쫓아 보낸 늙다리 청년이 머릿속에 떠오른 탓이었다. '약삭빠르지 않고 눈치도 없을 거야! 그런 녀석에게 차를 줘보라지. 일주일도 못 가 여기저기서 사달이 날걸?' 남훈 씨는 헤싱헤싱한 머리통을 거세게 흔들었다.

'하지만 등이 굽어 그렇지, 공사판에서 제법 구른 모양이야. 제 입으로 만 3년을 일했다 했고, 팔이랑 어깨도 튼실해 보였어. 알아, 물론 패기는 없지. 그건 없는 놈이야.'

남훈 씨는 늙다리 청년의 흐리멍덩한 눈빛을 생각했다.
'인생의 전반전에서 완전히 실패한 녀석이야. 틀림없다고.'
　그는 자신의 소중한 애마를 그런 녀석에게 파는 게 내키
지 않았다. 하지만 그 청년이 굴착기를 진심으로 좋아하고
또 실제 현장에서, 그러니까 땀 흘려 일하는 공사판에서 쓰
려고 한 건 높이 평가할 일이었다. 능숙하게 다루지는 못해
도 소중하게 대해주겠지. 무엇보다, 그 녀석에겐 물건 값을
척척 대줄 부모가 없었다. 그리고 은퇴는 이미 결심한 일이
아닌가? 그가 남은 생을 걸어 꼭 해내야 할 일은 온전히 매
일을 바쳐야 하는 것이지, 일이 생길 때마다 중장비를 몰면
서 할 수 있는 것은 아니었다. 순간, 어떤 생각이 남훈 씨를
사로잡았다. 그는 휴대폰을 꺼내 번호를 찍어 눌렀다.
　"그래, 마음에 드는 굴착기는 구입을 했나?"
　"조금만 크게 말씀해주십시오!"
　맥없는 말투로, 늙다리 청년이 외쳤다. 남훈 씨는 휴대폰
너머 윙윙대는 소리를 듣고 그가 공사장에 있다는 걸 척하
니 알아챘다.
　"자네, 지금 도로포장 중이군!"
　"네! 아스팔트 피니셔에 아스콘 붓고 있어요!"
　청년이 소리쳤다.

"자네 말야! 그런 일은 하지 마!"

"예? 뭘 말라고요?"

"미니 굴착기로 아스콘 나르는 거! 기관지 상해!"

이내 청년은 누군가와 다급한 대화를 나누는 모양이었다. 아스콘을 더 빠르게 옮기란 재촉이 성마르게 이어졌다. 남훈 씨는 얼른 본론을 늘어놓았다.

"하여간 자네! 내 물건에 아직 관심이 있나?"

"예, 그럼요! 지난번에 오천만 원이라 하셨죠!"

"그랬지. 하지만 이젠 아니야!"

"그럼 얼마를 원하시는데요!"

"렌털도 괜찮나?"

청년은 말이 없었다. 전화기 너머로 윙윙대는 소리가 줄기차게 들려왔다. 청년을 재촉하는 소리는 들리지 않았다.

"예! 그럼 한 달에 얼마를 내드릴까요?"

그렇게 해서, 남훈 씨는 자신의 애마를 렌털로 넘겨주었다. 그 늙수그레한 얼뜨기가 굴착기를 헐렁하게 몰며 덜컹대는 꼴을 보고 남훈 씨는 두 눈을 질끈 감았다. 청년은 렌털 시가가 얼마인지도 모르고 있었다. 그래서 남훈 씨가 자신에게 시세보다 10%나 싼 값에 임대해주었다는 것도 알지 못했다.

"석 달에 한 번씩은 물건을 확인할 거야." 그날 밤, 중장비 전용 주차장에서 남훈 씨는 말했다. "물건에 하자가 생기면 그 수리비는 자네한테 물리겠네."

주의 사항이 적힌 거래계약서에 사인을 하며 늙다리 청년은 고개를 끄덕였다. 뜻밖에 곧은 필체를 보고 남훈 씨는 마음이 조금 놓였다.

4. 굴착기가 사라지다

"잠깐 쉬는 거야. 죽을 때까지 놀겠단 건 아니니까 걱정 말라고."

집으로 돌아가, 남훈 씨는 이야기했다. 아내는 놀란 낯으로 입을 벌렸다 조용히 다물었다.

'아니, 내가 왜 그런 말을 했지?'

거실에 멍하니 서서 남훈 씨는 당황했다. 집으로 오는 내내 그는 식구들에게 '나, 오늘부터 은퇴다!' 선언하려고 연습을 했던 것이다. 풀죽은 눈으로 그는 아내와 딸의 얼굴을 들여다봤다. 딸내미야 다 키워놔 상관없는데 아내가 문제였다. 평생을 말단 공무원으로 일하고 이제는 요양원에서 일하는 사람을 두고 혼자서 은퇴 운운한다는 게 떳떳하지 못했다. 물론 아내가 일하는 건 어디까지나 자기 의사에 따른 것이고, 이제 쉬고 싶다고 얘길 한다면 남훈 씨도 받아들일 생각이 있었다. 그러면 그는 다시 굴착기 핸들을 잡아야겠지. 거기까지 생각이 닿자 물건을 팔지 않고 렌털로 넘긴 게 퍽이나 다행이었다.

"당신보다 일찍 휴식기를 갖는다고, 생각해." 남훈 씨는 말을 보탰다. "교회 다니는 사람들은 그런 거를 뭐라 하던데……. 안식년이라던가? 7년 일하고 1년을 쉰다지 아마? 나로 말하면 26년이나 쉬지 않고 일했으니 1년쯤은 눈치 안 보고 쉬어도 될 거야."

'하지만 그렇게 따진다면 당신도 좀 쉬어야겠지.' 남훈 씨는 목구멍까지 차오른 말을 삼키고 서재로 갔다. 말이 서재지 창고로 쓰이는 뒷방이나 다름없었다.

그러나 안식년의 첫날, 남훈 씨는 중장비 전용 주차장으로 갔다. 새벽 4시였다. 여느 날처럼 걸레와 정비 도구가 담긴 가방을 들고 자기 구역에 도착했을 때, 그의 간담은 서늘해졌다. 굴착기가 사라져버린 것이다! 발을 동동 구르며 남훈 씨는 주차장을 몇 바퀴나 돌고 경찰서에다 전화를 했다.

"내, 구, 굴착기가 사라졌소!"

숨을 몰아쉬면서 남훈 씨가 하소연했다.

"예……? 혹시 그 차를 몰고 갈 만한 사람은 따로 없고요?"

경찰이 물었을 때야 남훈 씨는 굴착기를 임대해준 게 기억났다. 온몸에 힘이 풀려 그는 바닥에 주저앉았다.

처음 며칠간, 남훈 씨는 넘겨준 장비 생각에 조바심이 났다. 그래서 늙다리 청년에게 매일같이 문자를 넣어 장비가 멀쩡한지 사진을 찍어 보내라 성화를 했다. 그도 그럴 게, 그것은 남훈 씨 인생 최초의 굴착기였다. 그 전까지는 임차의 설움을 겪어가며 남의 것으로 작업을 했다. 초짜 시절엔 하자 있는 장비를 받아 덤터기를 쓴 적도 있다. 그러다 선아가 태어났고 남훈 씨의 솜씨도 입소문을 탔다. 목돈이 들어와 쌓이기 시작했고, 그는 아내가 번 돈에 은행 융자를 보태 지금 사는 아파트를 장만했다. 그러고도 여유가 있어 굴착기를 샀다. 꼼꼼한 솜씨에 새 장비에 대한 소문까지 붙어 쉬는 날도 없이 일했다. 굴착기는 큰 사고 없이 일할 수 있게 남훈 씨 뒤를 든든히 받쳐주었다. 보답이라도 하듯, 남훈 씨도 매일 아침 차체를 깨끗이 정비했다. 덕분에 남훈 씨는 아파트 대출금을 모두 갚았고, 딸아이는 아르바이트 한 번 하지 않고 대학을 졸업했다. 남훈 씨는, 그런 굴착기를 내놓은 것이다.

코가 빠진 채 서재로 들어선 그는 오래된 CD플레이어의 버튼을 꾹 눌렀다. 술을 끊은 뒤로는 마음을 가라앉히는 데 클래식만 한 것이 없었다. 그래서일까. 젊을 적 남훈 씨는 남들 앞에서 음악의 역사를 좔좔 외는 인사가 되고 싶기도 했다. 하지만 나이가 들면서 생각이 달라졌다. 굴착기를 몰면서 그런 걸 좔좔 외봐야 들어줄 사람이 없었던 것이다.

장식장 깊이 숨겨둔 '청년일지'를 꺼내 남훈 씨는 들춰보았다. 노트의 절반 정도가 부끄러운 여백으로 남아 있었다. 큰 숨을 들이켜고, 그는 매일의 기록 속에서 수행할 과제를 그러모았다. '길거리에서 손으로 코 풀지 않기'나 '노약자석에 앉은 임산부에게 시비 걸지 않기' 따위는 너무 시시해 제외를 했고 '노후 생활자금 준비하기'는 어느 정도 해두었기에 제외를 했다. 그런 식으로 일지를 톺아보니 죽기 전 해야 할 일이 정확히 일곱 개 남아 있었다. 남훈 씨는 '과제1. 남보다 먼저 화내지 않기'에 연필로 동그라미를 쳤다가 지우개로 지웠다. 겨우 한 번 성공한 것을 완성한 과제로 표시하자니 무척이나 겸연쩍었다.

"아무래도…… 죽을 때까지 지켜야 할 모양이구먼."

지우개를 놓고 남훈 씨는 입맛을 쩝쩝 다셨다.

"당신 쉰다더니, 정말 그렇게 쉬기만 하는 거예요?"

남훈 씨가 은퇴를 하고 한 달쯤 지난 어느 밤, 아내가 한마디 했다.

"어디 여행을 가든지, 하다못해 친구를 만나 술이라도 드세요."

남훈 씨의 알코올중독 이력에 대해, 아내는 조금도 모르고 있었다. 그저 남편이 건강을 끔찍이 위하는 줄만 알았다.

"그래요 아빠. 모처럼 가족 여행이나 갈까요? 이제 백신 접종도 다 끝났는데. 제주도로 가면 어때요?"

선아가 끼어들었다.

"뭐, 그러든지……."

남훈 씨는 소파에 드러누워 TV를 보다 슬그머니 일어나 서재로 갔다. 수행할 과제는 여섯 개나 남아 있는데 덤벼들 엄두가 나질 않았다. 잠을 청해도 잠이 안 오고, 끼니때가 돼도 허기가 안 졌다. 세상에, 배가 안 고프다니! 남훈 씨 생애에 그런 적은 없었다.

'괜히 장비를 넘겨버렸어!'

남훈 씨는 또 불끈 화가 솟았다. 그냥 좀 비겁하면 어때서. 여태껏 그런 식으로 잘 살았잖아?

'아니, 아니야.'

도리질을 치고 남훈 씨는 엉큼하게 미소 지었다.

'천 리 길도 한 걸음부터라고. 아주 작고 신나는, 그런 일들로 시작을 하는 거야!'

밤늦도록 머리를 긁적이며 과제 순서를 바꾼 뒤 남훈 씨는 모처럼 꿀잠을 잤다. 다음 날 아침 콧노래를 흥얼대며 그는 다용도실에서 쓰레기봉투를 끄집어냈다. 그런 다음 안방으로 가 속옷 서랍을 왈칵 열었다.

"아이코, 낡기도 했다!"

솥뚜껑 같은 손으로 그는 삭아빠진 팬티와 러닝셔츠를 전부 버렸다. 바로 그것이 새롭게 바뀐 그의 두 번째 과제였다.

과제2. 청결하고 근사한 노인 되기. 낡은 속옷은 몽땅 버릴 것. 멋지고 깔끔한 새것으로 구입한다. 그다음 백화점에서 명품 정장을 살 것!

빠르게 외출복으로 갈아입고 남훈 씨는 쓰레기봉투를 내다 버렸다. '그런데 가만, 어디서 속옷을 산다?' 지하 주차장에 들어서 그는 뜻밖의 고민에 빠졌다. 그는 언제나 아내가 사다준 속옷만을 입어온 것이다. '제길, 어디서 사긴 어디서 사? 까짓 속옷도 백화점에서 사자!'

그렇게 남훈 씨는 난생처음 백화점 속옷 매장이란 데에 발을 들였다. 때마침 손님이 없어 그는 멋진 팬티와 러닝셔츠를 일곱 개씩 샀다. 그건 그의 일생에서 가장 화려하고 값비싼 것이었으나 상관없었다.

'이 정도 돈, 나한테 못 써?'

휘황찬란한 백화점 복도를 바삐 걸으며 남훈 씨는 모처럼 옛일을 생각했다. 그러고 보니 백화점에 와본 지도 오래되었다. 아내와 딸의 손에 이끌려 쇼핑을 한 게 언제더라? 그땐 왜 그렇게 쇼핑이 지루했는지 모른다. 아니, 그때 남훈 씨는 지루한 척을 했다. 아내와 딸이 원하는 것을 사주지 못할까 봐, 고작 그 정도 능력밖에 안 되는 남편이고 아버지인 게 들통날까 봐, 그는 지루한 척 심통을 부렸다.

그러나 백화점을 아무리 돌아다녀도 남훈 씨는 어디가 명품 매장인지 알 수 없었다. 그가 들어본 브랜드는 딱 두개, '샤넬'과 '프라다'였다. 남훈 씨가 그걸 기억하는 건 딸선아가 '샤넬 가방'을 갖고 싶다고 해놓고 '프라다 가방'을 사 왔었기 때문이다.

실제로 보니 샤넬 매장은 여성들로 가득 차 있어 들어갈 엄두가 나질 않았다. 프라다 매장에는 남자들이 몇 보였으나 모두가 젊은이였다. 정장의 어깨선과 바지통이 좁아 젊은 사람들에게나 어울릴 것만 같았다. 한참을 방황한 끝에 남훈 씨는 생전 처음 이름을 접한, 그러나 무척 맘에 드는 정장이 있는 매장으로 갔다. 역시나 바지통이 좁긴 했지만 다른 매장의 것보다 더 심한 편은 아니었다. 자신에게 맞게 수선을 하면 못 입을 것도 없겠다 싶어 그는 매장 안을 둘러보았다. 계산대에는 젊은 남녀 직원이 한 명씩 있었다. 여자 직원은 다른 손님을 응대하고 있어 남훈 씨는 남자 직원에게 옷을 수선할 수 있는지, 재킷과 바지, 타이와 셔츠를 구입하면 모두 얼마인지 물으려 했다. 그러나 이쪽에서 아무리 눈빛을 보내도 직원은 남훈 씨에게 관심을 주지 않았다.

"거, 여봐."

참지 못하고 남훈 씨는 남직원을 불렀다. 그러나 직원은 고개를 돌려 한 번 보는 시늉을 할 뿐 대꾸를 하거나 다가오지 않았다. 외려 가만히 서서 남훈 씨를 위아래로 훑더니 이렇게 한마디 했다.

"할아버지, 그거 비싸요."

입술을 우물우물하다, 남훈 씨는 거울에 비친 제 모습을 바라보았다. 그는 작업용 점퍼에 통 넓은 면바지를 입고 있었다. 고개를 숙여 보니 신발도 흙 묻은 작업용 운동화였다. 그제야 그는 아내와 딸이 백화점에 갈 때마다 어째서 그토록 공들여 단장했는지 그 이유를 알 것 같았다. 모욕감과 수치심에 몸이 달아, 남훈 씨는 어쩔 줄 모르고 서 있었다. 그러나 스스로에게 약속을 했으므로 직원에게 화를 내지는 않기로 했다. 말없이 매장에서 나와, 남훈 씨는 스스로가 소리도 없이 자신에게 얼마나 커다란 고함을 치고 있는지 깨달았다.

도망치듯 백화점에서 나온 남훈 씨는 번화한 거리를 배회했다. 봄 햇살이 피부를 찌르듯 따가웠지만 젊은이들은 아랑곳 않고 쌍쌍이 걸어 다녔다.

'우리 선아도 언젠가 제 남자 친구와 이런 거리를 걷게 될까?'

남훈 씨는 생각하다 가슴이 먹먹해졌다. 세상에는…… 좋은 짝을 못 만난 젊은이들도 많지 않겠나? 당장 그 자신부터도 젊은 시절 누군가에게 좋은 짝은 아니었다. 지금도 마찬가지다. 그래도 자신은 좋은 아내와 예쁜 딸을 얻었다. 그것은 억만금을 주고도 살 수 없는, 어떤 명품보다도 귀한 것이리라. 하지만 그 사실이 당장의 초라한 마음을 위로할 수는 없었다.

문득 멈춰 서, 남훈 씨는 쇼윈도에 자신의 모습을 비춰 보았다. 어중간한 키의 민머리 늙은이가 눈에 띄었다. 불룩

솟은 아랫배는 꼴사납고 허름한 옷가지는 볼품없었다. 그러나 이것이 부정할 수 없는 자신의 참모습이었다.

"안으로 들어와 편히 보세요."

뜻밖의 상냥한 음성에 남훈 씨는 정신이 번쩍 들었다. 뒤로 물러나 살펴보니 그곳은 신사복 상점 앞이었다. '보석의 왈츠', 그것이 가게의 이름이었다.

이끌리듯 안으로 들어가 남훈 씨는 매장을 둘러보았다. 편백나무로 마감한 바닥과 벽, 점잖고 우아한 무늬의 카펫과 소파, 손때 묻은 테이블이 그의 마음을 사로잡았다. 마네킹이 입고 있는 정장들도 더할 나위 없이 훌륭했다. 남훈 씨는 장식장에 놓인 손목 장식에 특히나 눈길이 갔다. 세상에 그토록 화려하고 다양한 모양의 단추와 깃이 있는 줄 그는 미처 몰랐던 것이다. 남훈 씨는 젊은 시절 중장비 기술이 아니라 재봉 기술을 배웠다면 어땠을까 상상했다. 이런 곳에서 클래식 음악을 들으며 정장을 만드노라면 정말이지 행복할 것만 같았다.

"자네 말고, 사장님은 안 계셔?"

남훈 씨의 말을 듣고, 젊은이가 싱긋 웃었다.

"제가 여기 사장입니다."

"아, 그래요……?"

당혹스러워 남훈 씨는 고개를 주억거렸다. 요즘에는 젊은이들이 무엇이든 잘하고 무엇이든 갖고 있고, 누구 앞에서도 당황하지 않고 그렇게 사는 모양이었다. 남훈 씨는 예전에 그렇지 못했는데……. 문득 남훈 씨는 자신이 그러한 편견, 젊은이는 사장이 아닐 거라는 편견을 가진 늙은이가 됐다는 게 한심스러웠다.

"비슷한 연배의 재단사가 계신데, 그분과 대화하면 조금 더 편하실까요?"

사장의 제안에 남훈 씨는 고개를 끄덕였다.

"그럼 우선 앉으세요."

오렌지주스를 한 잔 내오고, 사장은 곧바로 계단을 올라갔다. 잠시 후 남훈 씨와 비슷한 연배의 사내가 우아한 걸음으로 계단을 내려왔다. 그가 너무나 멋들어진 정장을 입고 있어서 남훈 씨는 자기도 모르게 의자에서 일어섰다.

"앉아 계십시오. 편히 계세요."

나이 든 재단사가 웃으며 손짓했다.

5. 새로운 관계를 만들다

세계보건기구는 오늘 코로나19 바이러스의 종식을 공식 선언했습니다. 약 2년 5개월간 지속된 코로나19 바이러스와의 전쟁을 마친 지구촌 곳곳에 기쁨의 축제가 벌어졌습니다. 우리 정부도 즉각 환영 성명을 발표하고 교육 시설과 상업 시설의 정상영업을 허가했습니다. 사양길을 걷던 여행업계에 문의가 쇄도해 한때 관련 사이트들이 다운되는 현상이 벌어지기도 했습니다.

"후유, 드디어 끝났네. 이제 가족 면회가 재개되겠어."

9시 뉴스의 첫 꼭지 보도를 듣고 아내가 말했다. 코로나19 바이러스가 기승을 부리는 동안 요양원의 가족 면회가 금지돼, 아내는 단순히 환자를 돌보는 역할을 넘어 가족의 역할까지 해주고 있었다. 자식 손도 못 잡고 숨을 거둔 노인이 있는 날이면, 아내는 밤이 깊도록 슬프게 흐느꼈다.

"우아, 진짜 신난다. 우리 제주도 말고 해외여행 갈까요? 어디 가고 싶은 데 있어요?"

딸 선아가 달뜬 얼굴로 호들갑을 떨었다.

"벌써 해외여행을 가? 그래도 좀 있어야지. 저렇게 사람이 몰린다는데."

"미리 예약이나 해두자는 거예요."

애교스럽게 어깨를 비틀며 선아가 아양을 떨었다.

'가고 싶은 데?'

아내와 딸이 TV 채널을 돌리는 사이, 남훈 씨는 문득 미아가 된 기분이 들었다. 그는 오랫동안 다른 나라에 관해선 생각을 해보질 않아, 갑자기 어딘가에 갈 수 있단 사실이 무섭고 불안했다.

"와아아! 드디어 끝났드아!"

"이야아! 기분이다, 치맥 시켜!"

아파트 단지 여기저기서 환성이 터져 나왔다. 우리나라가 월드컵에서 우승이라도 한 듯한 분위기였다. 딸 선아도 베란다로 뛰어나가 소리치며 발을 굴렀다.

'있지. 있었지!'

소파 구석에 꼿꼿이 앉아 남훈 씨는 생각했다.

'나는 말야, 미국. 거기 꼭 가고 싶었어.'

중학생 시절만 해도 남훈 씨의 꿈은 언어학자가 되는 거였다. 언어 중에서도 세련되고 부드러운 영어의 매력에 그는 깊이 빠졌다. 당시 그와 같은 꿈을 꾼 동창 하나는 미국 유학을 다녀와 대학교수가 되기도 했다. 그러나 유감스럽게도 남훈 씨의 부친이 일찌감치 세상을 떠 그는 꼼짝없이 집안의 가장이 돼야만 했다.

이제 와 생각하면 왜 그토록 쉽게 포기를 해버렸는지 아쉬움이 남았다. 5년 뒤 아니 10년 뒤라도 돈을 모아 배움의 길을 걸어도 되지 않았나? 하지만 그때 그는 그런 생각을 하지 못했다. 마치 거대한 문 앞에서 매를 맞고 쫓겨난 기분이었다. 다시는 그 문 안으로, 그 높은 성 안으로 들어갈 수 없다는 생각이 들었다. 그는 난민이 되어 성 밖을 배회하다 조그만 회사에 취직을 했다. 연극용 인형을 만드는 회사에서 그가 맡은 일은 경영 출납을 관리하는 거였다. 남훈 씨는 그 일을 좋아하지 않았다. 하지만 그 상황에서 택할 수 있는 가장 좋은 일이란 건 알았다. 서른이 되기 전 그는 한 여자를 만나 결혼했고, 소주잔 비우는 재미에 빠져들었다. 그리고 몇 년 뒤 이혼을 하면서 그는 또 다른 성벽 밖으로 스스로를 쫓아냈다.

우울하고 음침한 기분을 털어내려고 남훈 씨는 욕실로 갔다. 겉옷을 벗고 거울 앞에 서니 언어학자를 꿈꾸던 소년은 오간 데 없고 민머리 늙은이만 허망하게 서 있었다. 그러고 보니 이제 영어는 흔해빠진 외국어가 되고 말았다. 자신의 딸 선아도 영어 교사로 일하고 있었다. 모든 게 마음에 드는 딸이지만, 영어 교사라는 것만큼은 마음에 차질 않았다. 왜 하필 영어인가? 시대가 변했는데. 남훈 씨는 딸이 희귀하고 독특한 언어의 전문가였으면 했다. 독일어라든가 프랑스어 같은 것. 그게 아니면 컴퓨터언어 같은 것도 좋았다.

"아니, 선아가 왜 그런 것을 배워야 하냐?"

남훈 씨는 양치를 하다 말고 거울 속 자신에게 삿대질을 했다.

"네가 좋아하는 것은 너 스스로 배우면 될 거 아냐?"

"그야…… 딴은 그렇지."

거울 밖 자신을 향해 남훈 씨는 웅얼댔다.

다음 날 아침, 국과 밥을 든든히 먹고 남훈 씨는 도서관에 갔다. 놀랍게도 대부분의 사람이 아직 마스크를 쓰고 있었다. 물론 남훈 씨도 섣불리 마스크를 벗지 않은 사람 중 하나였다.

처음에 그는 프랑스어와 독일어 교재를 빌려다가 두 언어의 매력을 비교할 생각이었다. 하지만 막상 교재를 찾고 보니 정확한 발음을 알 방법이 없었다. 소리를 듣지 않고선 무엇도 결정할 수 없겠다는 생각이 들었다. 그래서 그는 발상을 바꿔, 세계 언어의 특징을 설명하는 책을 여러 권 찾아보았다. 그 책들을 찬찬히 들여다보고 그는 한 가지 진실에 눈뜨게 됐다.

그 진실이란 이런 것이었다. 어떤 언어는 '주어-목적어-동사' 순으로 말해야 한다. 하지만 '동사-주어-목적어' 순으로 말해야 하는 언어도 존재하고, '주어-동사-목적어' 순으로 말해야 하는 언어도 존재한다.

남훈 씨는 영어가 '주어-동사-목적어' 순으로 말하는 언어임을 또렷이 기억했다. 한국어는 '주어-목적어-동사' 순으로 말하는 언어에 속했다. 어떤 외국어를 선택하게 될지 몰라도 남훈 씨는 '동사-주어-목적어' 순으로 말하는 언어를 선택하기로 했다. 왜냐하면 그는 더 이상 무엇도 에둘러 말하고 싶지 않았기 때문이다. 그는 자기가 청년 시절을 무기력하게 보낸 게 한국어 어순 탓이란 생각을 했다. 만일 동사를 먼저 말하는 언어를 사용했다면 조금 더 진취적으로 세상을 살았을 것 같았다.

"한데…… 이게 뭐야?"

남훈 씨는 '동사-주어-목적어' 순으로 말하는 언어 목록을 보고 미간을 찌푸렸다. 열 손가락으로 다 꼽을 만큼 적은 수의 나라가 나열돼 있었다. 그중 남훈 씨가 아는 나라는 딱 두 곳뿐이었다.

'아일랜드에 대해서는 들어봤지. 그 나라는 영국 옆에 있어.'

그것이 남훈 씨가 아일랜드에 대해 아는 전부였다. 그리고 그가 영국제도에 대해 아는 것이 있다면 날씨가 아주 변덕스럽다는 것 정도였다. 남훈 씨는 생애 최초의 해외여행을 그런 곳으로 가고 싶진 않았다.

'우중충한 것보다는 쨍한 게 낫지.'

아랍어가 남훈 씨의 관심을 사로잡았다. 그는 사우디아라비아 같은 중동 국가에 호기심을 갖고 있었고, 모래바람이 휘몰아치는 언덕에 대해서도 호감을 느껴왔다. 아내와 함께 낙타를 타고 사막을 건너는 건 꽤나 근사한 일일 듯했다. 하지만 아랍어 교재를 찾았을 때, 복잡한 그림처럼 생긴 문장들을 보고 남훈 씨는 기가 꺾였다. 그는 어디가 한 단어의 시작이고 끝인지 알 수 없었다. 그 언어를 적을 때는 오른쪽에서 시작해 왼쪽에서 끝맺어야 한다는 것도 곤혹스러웠다. 어떤 언어를 배우기에 앞서 좌우 개념부터 바꿔야 한다면 꽤나 소모적이지 않은가? 남훈 씨에게는 그럴 정도의 시간적 여유가 없었다.

하는 수 없이, 그는 '동사-주어-목적어' 순의 언어 대신 '주어-동사-목적어' 순의 언어를 택하기로 했다. 남훈 씨는 도서관의 멀티미디어실로 가서 독일, 프랑스, 이탈리아, 스페인의 영화 DVD를 각각 한 편씩 빌려 집으로 왔다.

남훈 씨가 DVD플레이어에 제일 먼저 집어넣은 건 독일 영화였다. 그는 독일어를 고교 시절 가볍게 익힌 적 있다. 하지만 영화를 틀고 10분이 채 안 돼 빨리 감기 버튼을 눌러버렸고, 30분도 안 돼 영화를 끄고 말았다. 그의 머릿속에서 지긋지긋한 독일어 동사의 다양한 변형과 활용법이 떠올랐으며, 무엇보다 시종 진지하기만 한 영화의 분위기가 견디기 힘들었다. 그는 메모장에 적어둔 '독일어'라는 단어 위에다 가위표를 하나 그렸다.

프랑스 영화도 30분 이상을 견디지 못했다. 물론 영화 자체는 재미있었다. 배우들의 웃는 얼굴이 매력적이었고 배경으로 나온 마르세유의 풍경도 멋졌다. 하지만 들을 때 우아하고 고급스럽던 그 발음을 남훈 씨는 도저히 따라 할 수가 없었다. 'bonjour'는 단순히 '봉주르'가 아니었고, '봉주흐'와 '본주흐' 사이 뭔가로 들렸으며, 그 특이하고 미묘한 강세와 묵음을 인지해 따라 하는 게 입술과 혀로 서커스를 하는 것마냥 괴롭고 힘들었다. 결정적으로 마음에 안 드는 건 숫자를 읽는 방법이었다.

1부터 16까지는 각각의 단어가 정해져 있는데, 어째서 17부터는 '10 더하기 7'이라고 말해야 하는가! 그러려면 10부터 시작을 하든가, 왜 어중간하게 17부터 그렇게 하는 거지? 그보다 더 황당한 건 숫자가 70 이상일 때는 '70 더하기 1'이 아니라 '60 더하기 11'이라고 말해야 한다는 거였다. 게다가 88이라는 숫자를 말하려면 '4 곱하기 20 더하기 8'이라고 말해야 했다. 남훈 씨는 연필을 들어, '프랑스어'라는 단어 위에다 가위표를 세 개 그렸다.

그는 프랑스 영화의 DVD를 성마르게 잡아 뺀 뒤 이탈리아 영화를 재생시켰다. 채 3분도 되지 않아 그 언어를 공부해야겠단 생각이 들었다. 주인공인 이탈리아 여배우가 무척이나 아름다웠다. 거기에 더해 남훈 씨는 그 나라 음식을 꽤 좋아했다. 이따금 선아가 만들어준 마늘파스타가 그의 입에 맞았다. 나이가 들어 해외여행을 가면 현지 음식이 안 맞아 고생한다던데, 이탈리아에 가면 그런 일은 없을 듯했다. 하지만 묵묵히 영화를 보노라니까 남훈 씨는 어딘가 이상한 느낌이 들었다. 그것은 낯선 언어에 대한 이질감이라기보다는 '자막이 옳게 만들어진 건가?' 하는 데서 오는 의구심이었다. 남훈 씨는 배우들이 실제 필요보다 더 많은 말을 하고 있단 느낌을 받았다. 단어 하나하나가 너무 길다는 느낌, 단어 사이의 연결부가 너무 많다는 느낌이었다. 무엇보다 그 말의 속도가 너무 빨라 그 속도의 언어를 익히는 데 얼마의 시간이 걸릴지 감이 오지 않았다.

떨리는 손으로, 남훈 씨는 마지막 DVD를 재생시켰다. 그리고 얼마 지나지 않아 손바닥으로 무릎을 쳤다.

"바로 이거야!"

세상에! 그 언어는 마치 한국어처럼 귀에 들렸다. 만약 제주도 왼쪽에 큰 섬이 있고, 거기 사람들이 이 언어를 사용한다면 그럴 수도 있겠다 싶을 정도였다.

"왜 그렇지? 된소리가 많아 그런가?"

고개를 갸우뚱하며 남훈 씨는 스페인어 교재를 훑어보았다. 유감스럽게도 그 언어의 치명적 단점이 곧바로 눈에 띄었다. 그것은 마음의 거리가 먼 사람과 가까운 사람을 나눠 말하는 특유의 문법이었다. 남훈 씨는 걱정이 됐다. 만일 실제로 거리가 먼 사람에게 거리가 먼 형식으로 말을 건다면, 그 사람과 가까워질 일은 결코 없지 않을까? 하지만 네 개의 DVD를 모두 본 남훈 씨에게 더 이상 선택지는

없었다. 그날 밤, 그는 딸 선아에게 스페인어 학원을 알아

봐 달라고 부탁했다.

"나이가 많은 사람도 편하게 공부할 수 있는, 꼭 그런 데

여야 해."

그는 딸에게 당부했다.

일주일 뒤. 설레고 또 두려운 마음으로 차를 몰아, 남훈

씨는 스페인어 학원에 갔다. 그리고 교실 안에 들어서자마

자 화가 났다. 왜냐하면 거기에 자기 연배는커녕, 30대 이

상으로 보이는 사람이 한 명도 없었기 때문이었다. 게다가

당혹스럽게도 많은 학생이 남훈 씨를 스페인어 강사로 오

인했다. 고개를 숙이고, 남훈 씨는 교실 끄트머리로 가 수

줍게 자리 잡았다. 잠시 후 들어온 스페인어 강사 역시 30

대 이상으로는 보이지 않았다.

"¡Hola!(안녕하세요!) 제 이름은 카를로스입니다. 제 아

버지는 스페인 사람이고, 제 어머니는 한국 사람이에요. 다

음 시간이면 여러분도 스페인어로 이 정도의 자기소개를

할 수 있을 겁니다."

남훈 씨는 첫 수업에서 자신의 뿌리를 밝힌 강사에게 자

그만 호감을 느꼈다. 그의 어머니가 한국인이라고 하니, 자

기같이 늙은 초짜를 관대히 대해줄 거란 기대도 섰다.

"오늘 이곳에 오신 여러분은 탁월한 선택을 하신 겁니다." 강사가 말했다. "전 세계적으로 스페인어는 그 사용자 수가 2위에 달해요. 3위인 영어보다 더 많은 사람이 이용하는 언어죠."

'뭐라고?'

남훈 씨는 책상 앞에 얼어붙었다. 흔한 영어를 피해 고심 끝에 택한 스페인어가 더 흔한 언어라니 기가 막혔다. 강사는 계속 말했다.

"스페인어를 사용하는 많은 국가가 현재 화려하게 발전하고 있습니다. 어떤 언어형식을 배운다는 건 새로운 관계를 준비하는 것과 같지요. 이 언어는 미래의 언어입니다. 멋진 기회와 새로운 만남이 여러분을 기다리고 있어요."

'관계?' 그 말이 남훈 씨의 불만을 슬그머니 가라앉혔다.

"기억하세요. 새로운 언어형식이 새로운 관계를 만듭니다."

수업을 마치고 집으로 오는 내내, 남훈 씨는 스페인어 강사의 말을 몇 번이나 곱씹었다.

6. 춤이라도 출 수 있게

"혹시 어떤 일에 종사하시는지 물어도 되겠습니까?"

근사한 원목 탁자를 사이에 두고 앉아 재단사가 말했다. 그는 옷본이 인쇄된 깨끗한 종이 한 장을 연필과 함께 쥐고 있었다. 라흐마니노프의 「첼로와 피아노를 위한 소나타」 1악장이 매장 안에 흐르고 있었다.

얼굴이 뜨듯이 달아오르는 걸 느끼고 남훈 씨는 헛기침을 큼큼 뱉었다. 목구멍이 조여들어 거친 소리가 튀어나왔다.

"난 공사판에서 일해요. 포클레인을 몹니다!"

재단사는 진지한 표정을 잃지 않으면서도 조심스레 미소 지었다.

"네. 그러니까 제가 궁금했던 것은…… 이 옷을 입고 어디에 가실 요량인가 하는 점입니다. 혹시 근래에 계획된 행사가 있습니까?"

"아!"

남훈 씨는 그제야 빙긋 웃었다. 상대가 자기를 얕잡아 볼

의도로 질문한 게 아니란 확신이 든 것이었다. 아까와는 다른 이유로 그의 낯이 달아올랐다.

"해, 해외여행을 가보려고 합니다."

"아이고 그렇습니까. 어디 멋진 나라를 염두에 두셨나요?"

"아직 확실히 정하지는 않았습니다. 하지만 너무 덥지도 않고 춥지도 않은 그런 데로 갈 겁니다. 적어도 그런 시기예요."

재단사는 빠른 손길과 정확한 필체로 남훈 씨의 말을 받아 적었다.

"특별히 원하는 스타일이 있으신가요?"

곤혹스러운 눈길로 남훈 씨가 매장 곳곳을 더듬거렸다.

"나는, 잘 모릅니다. 이런 분야에 대해. 그저…… 아주 멋스러운 옷을 갖고 싶어요. 원래는 백화점에서 명품으로 구매를 하려 했는데……." 그는 입술을 삐죽이면서 재단사를 훔쳐보았다. "거 너무 무시를 하더구먼요."

"아이고, 그런 일이 있으셨군요."

재단사는 가만히 고개를 끄덕거렸다. 위안을 얻은 남훈 씨가 재빨리 말을 이었다.

"통이 너무 좁지 않고 편했으면 좋겠습니다. 아무래도

여행지에서 입을 거니까요."

"그러시지요. 춤이라도 추실 수 있게, 편안하게 해드리겠습니다."

재단사가 씩 웃었다. 눈가의 주름이 멋지게 휘어졌다.

옷의 디자인과 제작을 부탁하고 집으로 돌아간 남훈 씨는 내내 기억에 골몰했다. 아무래도 그 옷 가게에 놓고 온 것이 있는 듯했다. 뭘 빠뜨렸지? 재킷 주머니에는 지갑도 휴대폰도 빠짐없이 들어 있었다.

몇 주 뒤 스페인어 학원에 가 앉았을 때도 그 찜찜함은 사라지지 않았다. 그러나 스페인어 강사 카를로스가 문을 열고 들어온 순간 그는 곧 공부에 집중하기로 했다. 카를로스는 첫 수업 때 알파벳의 발음과 기호를 가르쳐주었다. 두 번째 시간에는 간단한 문법을 가르쳐준 뒤 자기소개를 제안했다. 남훈 씨는 아직 인사말밖에 할 수가 없어 당황했는데, 마음의 준비가 되었을 때 말하면 된다면서 카를로스는 기다려주었다. 남훈 씨는 네 번째 수업 때가 돼서야 학생들 앞에서 자신을 열어 보였다.

"Soy un hombre. Me dedico a conducir excavadoras. (나는 남자다. 굴착기를 운전하지.)"

떨리는 마음을 누르며 남훈 씨는 말했다. 그토록 많은 젊은이가 자신의 눈과 입에 집중한 것은 거의 50년 만의 일이어서 그의 심장은 몹시 뛰었다. 남훈 씨는 67년이나 사용한 심장이 갑자기 멎을까 겁이 났다.

"Tengo hijas.(내게는 딸들이 있어.) De ellas, la menor tiene veinticuatro años.(막내딸은 스물네 살이야.)"

그가 더듬더듬 말하자 남학생들이 갑자기 환호성을 내질렀다. 남훈 씨는 쑥스러운 듯 미소를 짓고 어깨를 으쓱였다.

"Ella es profesora de la escuela secundaria.(그 애는 중학교 교사야.)"

그가 덧붙이자 학생들의 환호성이 더욱 커졌다.

"¿Ella tiene novio?(그녀에게 남자 친구가 있나요?)"

스페인어 강사 카를로스가 능글맞게 웃었다. 커다란 녹색 눈이 표범의 것마냥 반짝거렸다.

"No lo sé.(난 몰라.) Que yo sepa no.(내가 알기론 없어.)"

남훈 씨가 말하자 학생들이 손뼉을 쳤다.

네 번째 시간 말미에 카를로스는 스페인의 역사와 문화에 대해 알려주었다. 우선, 스페인은 멕시코를 오랫동안 식민지로 통치했다. 그때 멕시코 사람들이 즐겨 먹는 고추와 토마토를 가져가 자신들의 요리에 접목했다. 스페인의 대표적 요리 중에는 '하몽'이란 것이 있는데, 이는 돼지 뒷다리를 소금에 절여 말린 햄이다. 카를로스는 자신이 그 하몽의 쿰쿰한 풍미를 좋아하며 스페인의 대표 술 '상그리아'와 함께 먹는 걸 즐긴다고 말했다. 남훈 씨는 카를로스가 술을 즐긴다는 사실이 마음에 안 들었지만, 은근슬쩍 이런 상상을 했다. 그러니까 자신의 딸 선아와 카를로스가 상그리아를 함께 즐기는 그런 장면을. 이제까지 선아의 성실하기만 한 인생에서는 그러한 재미가 없던 것 같아 남훈 씨는 아쉬웠다. 그는 소중한 딸 선아가 오래도록 자기 곁에 있어주길 바라면서도, 젊은 시절을 짜릿한 추억으로 가득 채우길 바라기도 했다. 카를로스는 빠른 손놀림으로 프레젠테이션 슬라이드를 넘겨 플라멩코 추는 남녀의 사진을 보여주었다.

'그래, 저거다!'

남훈 씨는 자기가 맞춤 양복점에 무엇을 두고 왔는지 그 순간 깨달았다.

'춤이라도 추실 수 있게 해드리지요.'

두고 온 것은 바로 재단사의 이 말이었다.

수업이 끝난 다음 집으로 돌아온 남훈 씨는 곧바로 '청년

일지'를 폈다. 그는 '과제3. 외국어 배우고 해외여행 하기'
에 세모 표시를 하고 네 번째 과제를 들여다봤다. 거기에는
'과제4. 건강한 체력 기르기'라고 적혀 있었다.

'그래, 춤을 배우는 거다! 바로 플라멩코를!'

남훈 씨는 다짐했다. 그리하여 토요일과 일요일 내내, 그
는 딸 선아에게 인터넷 사용법을 배웠다. 그는 플라멩코 강
습소가 어디에 있는지, 자신이 갈 법한 곳은 어디인지를 스
스로 조사해보고 싶었다.

"그래, 여행지는 정하셨습니까?"

맞춤 정장을 가봉하는 날 재단사가 물어보았다. 우아하
고 근사한 매장 안에는 요한 슈트라우스의 「보석의 왈츠」
가 흐르고 있었다.

"예, 나는 스페인으로 가렵니다." 남훈 씨가 말했다. "그
언어를 배우고 있거든요."

"스페인어를 배우신다고요?" 시침핀을 들어 올린 채 재
단사가 눈을 치떴다. "이야, 대단하십니다. 우리 나이에 그
러기란 쉽지 않지요. 그래, 그 언어는 배울 만합니까?"

"발음이 잘 들리기에 선택을 했는데……." 남훈 씨는 재
단사를 힐끗 보았다. "그러니까 원래는 프랑스어나 독일어

같은 걸 배우려고 했거든요."

"아, 그렇군요." 재단사가 재킷의 칼라를 조였다 폈다 하며 거울 속 남훈 씨를 들여다봤다. "어떠세요, 좁은 게 나을까요? 아니면 넓은 게⋯⋯?"

"아무래도 나는 넓은 게 익숙합니다. 하지만 요사이는 좁다랗게 하더구먼요. 모쪼록 멋지게 해주십시오. 이건 스페인에서 입을 거니까."

남훈 씨의 말을 듣고 재단사가 두 팔을 스윽 내렸다. 그러고는 똑바로 서서 허리를 쭈욱 폈다.

"이거, 우리 가게의 명예를 걸고 최선을 다해야겠군요."

"예, 그렇게 좀 해주십시오."

남훈 씨가 활짝 웃었다.

가봉을 마치고 시침핀 꽂힌 옷을 벗으며 그는 여유롭게 매장을 둘러보았다. 남성용 예복 곁에 놓인 흰 드레스가 그의 시선을 끌었다.

"여기서⋯⋯ 예복 같은 것도 맞춥니까?"

재단사가 고개를 끄덕였다.

"종종 오지요. 개성 있는 젊은이들이."

"그래⋯⋯ 이런 것은 얼마나 해요?"

"그야 옷감과 디자인, 장식품의 값에 따라 달라집니다."

흰 드레스를 물끄러미 보며 남훈 씨는 또다시 고개를 끄덕였다. 축 처진 어깨로 가게를 나와 그는 수제 양장점들이 즐비한 길을 걸었다. 느릿한 그의 발길이 여성용 구두점 앞에서 문득 멈췄다.

"저, 구두를 하나 사고 싶은데요. 가장 잘 팔리는 것으로."

주춤주춤 가게 안으로 들어선 남훈 씨가 말했다.

"네, 신으실 분 사이즈는 어떻게 되세요?"

머리를 단정히 묶은 30대 점원이 친근하게 다가섰다.

"그건 잘 모르는데……."

"아, 그럼 스카프는 어떠세요? 이런 것은 사이즈를 몰라도 착용할 수 있거든요."

갑자기 밝아진 낮으로 남훈 씨는 화사한 스카프를 어루만졌다.

"착용할 분 나이가 어느 정도 되세요?"

다양한 재질의 스카프를 내보이면서 점원이 물어보았다.

"젊어요. 이제 갓 마흔이 됐거든요." 그것만은 확실하다는 듯 남훈 씨는 단언했다. "가장 잘 팔리는 걸로 포장해줘요. 가장 고급스러운 것으로요."

새 옷은 정확히 2주 뒤에 배달됐다. 아무도 없는 거실에

「보석의 왈츠」를 커다랗게 틀어두고 남훈 씨는 옷들을 입어보았다. 원래는 셔츠와 재킷, 바지와 구두까지만 사려고 했는데 추가로 붉은 행커치프와 벨트, 중절모도 구입을 하고 말았다. 그것은 순전히 재단사의 제안 때문이었다. 그는 남훈 씨의 목둘레를 줄자로 재다가 말고 이렇게 말했던 것이다.

"두상이 참 잘생기셨군요. 모자를 쓰면 아주 근사하시겠어요."

남훈 씨로서는 자신의 헐벗은 머리에 그런 식의 평가를 받은 게 처음이어서 무척이나 부끄러웠다.

"그, 그래요?"

"그렇습니다. 보통 우리 같은 동양인은 두상이 좌우로 넓고 뒤통수가 밋밋하죠. 다 그런 건 아니지만, 이마가 납작하니 뒤로 밀린 경우도 있습니다."

"네……."

"그런데 손님 같은 경우는 이마와 뒤통수가 입체적으로 나와 있어요. 저런 것을 쓰시면 멋질 겁니다." 재단사는 장식장에 놓인 회갈색 중절모를 초크로 가리켰다. "더군다나 스페인 같은 서양에서는 모자를 즐기거든요. 멋쟁이들이 아주 흔하죠."

"모자는…… 한 번도 써본 적이 없는데요. 안전모밖에 는."

"그렇다면 더욱이 한번 써보세요. 인생은 도전의 연속이 니까. 게다가 정장의 완성은 뭐니 뭐니 해도 구두와 모자거 든요."

이렇게 해서 근사한 맞춤 정장에 뾰족한 구두를 신고 회 갈색 중절모를 쓴 다음 붉은색 행커치프까지 가슴에 꽂은 채 남훈 씨는 플라멩코 강습소에 등록을 하러 갔다.

그는 옷차림이 좀 과하다고 생각했지만, 백화점에서 업 신여김당했을 때를 떠올리면서 마음을 다잡았다. 새롭게 만날 플라멩코 강사에게 남훈 씨는 자신이 건설노동자일 뿐 아니라 예술적 감각이 있는 사람이라는 확신을 주고 싶 었다.

어설프게 망신당하지 않기 위해, 남훈 씨는 현관 거울 앞 에서 대화를 연습했다. 그는 미지의 플라멩코 강사와 자신 의 역할을 교대로 수행하면서 연기자처럼 지껄였다.

"그 연세에 이런 춤을 배울 수 있으시겠어요?"

백화점에서 본 남직원의 비아냥을 흉내 내며 남훈 씨는 큰 턱을 비틀었다. 그런 다음 정장을 입은 근사한 노년의 신사로 돌아와 목소리를 착 깔고 또박또박 이야기했다.

"그럼요. 나는 아주 건강한 사람입니다. 지난 5년간 감기에 걸린 적이 한 번도 없어요. 우리 집이 아파트 5층인데, 승강기 안 타고 다니는 게 습관이 돼 있습니다. 무릎도 말짱해요."

그러나 막상 찾아간 플라멩코 강습소에서는 아무것도 묻지도 따지지도 않고 그를 수강생으로 받아주었다. 안내 데스크의 직원은 상냥하게 웃으며, 6개월 치 수강료를 미리 내면 연습용 플라멩코 슈트를 선물로 준다고 이야기했다. 두려워하던 일이 벌어지지 않았고, 뜻밖의 호의를 받게 되자 남훈 씨는 얼떨떨한 기분에 사로잡혔다. 그는 약간 마비된 기분으로 6개월 치 수강료를 선불로 냈다.

7. 플라멩코를 시작했습니다

붉은색 핀 조명이 쏟아지는 어두운 강습실에서, 플라멩코 강사는 온몸을 곧추세웠다. 파코 데 루치아의 기타 연주곡 「안달루시아 혈통」이 흘러나오고, 강사가 옆으로 고개를 틀자 그의 풍성한 곱슬머리가 파도처럼 출렁거렸다. 천천히 두 손을 들어 플라멩코 강사는 손뼉을 쳤다. 건장한 체구의 그가 두 발을 구르자 뇌성 같은 박자가 우수수 쏟아졌다. 남훈 씨의 심장은 빠르게 달아올랐다.

'움직여라, 춤을 춰!' 최면을 걸듯 무용수는 무대를 빙빙 돌았다. 그렇게 절도 있는 춤사위를 눈앞에서 보기는 처음이라서 남훈 씨는 잔뜩 긴장이 됐다. 그때, 플라멩코 강사의 허리춤에서 불덩이가 툭 떨어졌다. 그것은 투우사들이 쓰는 커다란 망토였다. 남훈 씨는 한 마리 황소처럼 그 속에 뛰어들고픈 충동을 느꼈다. 다른 수강생들과 강습실 가장자리에 앉아, 그는 오금이 축축해지는 걸 알아차렸다. 엉덩이도 주책없이 들썩거렸다. 플라멩코 강사의 강렬한 몸짓은 부끄러움도 두려움도 모르는 원시 전사의 것처럼 당당하고 아름다웠다.

"여러분도 이렇게 출 수 있어요. 포기하지만 않으면."

시범 공연을 마친 뒤 플라멩코 강사가 이야기했다. 땀방울들이 곱슬머리를 타고 목덜미로 흘러내렸다.

'포기? 내가 포기를 왜 해?'

남훈 씨는 주먹을 불끈 쥐었다.

강습실에 형광등이 켜지고, 10명이 조금 넘는 수강생들이 스트레칭을 시작했다. 그들은 '사파테아도(zapateado)'라고 불리는 스텝의 기본동작을 배웠다. 남훈 씨는 남학생이 자기뿐이란 사실을 알고 당황했지만 덤덤한 체했다. 플라멩코 강사가 남자인 것이 그에게 커다란 힘이 된 것이다. 강사의 지시에 따라 그는 열심히 두 발을 움직였다. 하지만 어떻게 해도 강사처럼 깔끔한 모양새를 낼 수 없었다. 특히나 발뒤꿈치로 바닥을 차는 '타콘(tacon)'은 무척이나 힘이 들어, 수백 번 반복하자니 종아리와 발바닥이 몹시 당겼다. 무릎을 펴고 하는 동작이 아니라 약간 굽히고 하는 동작이어서 남훈 씨는 자기도 모르게 허리를 구부렸다. 그때마다 플라멩코 강사가 다가와 남훈 씨의 옆구리를 쿡쿡 찔렀다.

"펴세요. 안 그러면 오줌 마려운 사람처럼 보입니다."

남훈 씨는 이를 악물고 허리를 폈다. 그러자 곧바로 허벅지 근육이 후들거렸다. 무려 26년이나 굴착기 운전석에 앉아서 살아왔다는 걸 그는 아프게 되새겼다.

두 번째 수업 때 학생들은 '마노(mano)'라 불리는 손동작을 배웠다. 플라멩코 강사는 최대한 천천히 시연을 하고 온갖 단어를 동원해 그 동작을 설명했다. 남훈 씨는 강사가 말한 대로 사지를 움직이며 강습실 거울을 봤다. 그 속에서 웬 영감이 속살 비치는 프릴 셔츠를 입고, 다섯 개의 손가락을 한 덩이로 꼬고 있었다. 그것들은 하나씩 움직이는 능력을 완전히 잃은 듯했다. 플라멩코 강사는 남훈 씨의 사정을 봐주지 않고 계속해서 진도를 뺐다.

"자, 그런 상태에서 손목을 안으로 돌리세요. 돌리면서 팔을 위쪽으로 우아하게 올립니다. 네, 좋아요. 이제 천천히 아래로. 아니! 손가락은 계속 움직이면서! 아니요, 허남훈 님! 발동작을 멈추시면 안 되죠!"

수업을 마친 뒤 남훈 씨는 탈의실 바닥에 대자로 뻗었다. 후들거리는 허벅지로 겨우 일어나 샤워를 마친 뒤 그는 자신의 플라멩코 슈트를 손으로 들어 올렸다. 그것은 믿을 수 없을 정도로 묵직했다. 두 팔을 덜덜 떨며 남훈 씨가 그것을 쥐어짜자 뿌연 땀방울이 후드득 떨어졌다.

"살을 좀 빼셔야겠어요." 강습소를 나서는 남훈 씨의 뒤통수에 대고 플라멩코 강사가 말했다. "혹시 짠 음식 좋아하세요?"

"아니요."

부루퉁한 말투로 남훈 씨가 대꾸했다.

"그래요? 하루의 마지막 식사는 언제 하시죠?"

"아내가 돌아온 뒤에 차려서 먹곤 하니까, 8시쯤 합니다."

"저런, 다 드시면 8시 반쯤 되겠군요."

"그렇겠죠."

플라멩코 강사는 치렁한 곱슬머리를 좌우로 흔들었다.

"이제부터 3일 동안 모든 식단을 저한테 보내세요. 관리를 해드리죠."

뜻밖의 제안에 남훈 씨의 두 눈이 벌어졌다. 아내의 상차림을 남에게 보이는 게 적잖이 불편했다.

"식탁 위 사진을 찍어 보내시기만 하면 됩니다. 제 번호를 적어드리죠."

플라멩코 강사가 말했다.

다음 날, 남훈 씨의 아내는 새벽 조 근무를 위해 눈을 떴다가 소스라쳤다.

"여보, 어디 아파요?"

꽃샘추위도 끝난 4월에 남훈 씨는 솜이불을 머리까지 쓰고 비지땀을 흘렸다. 우는 건지 앓는 건지 희한한 소리를 웅얼대면서.

"큰일 났네. 선아도 출근해야 하고 나도 곧 나가야 하는데. 여보, 많이 아파?"

"말 시키지 마……."

남훈 씨는 그렇게만 말하고 온몸을 웅크렸다.

"아이고 이 일을 어째? 여보, 약상자 어디에 있는지 알죠? 아니다!" 아내는 바쁜 와중에 진통제 두 알을 찾아 그의 입에 넣어주었다. "일단 삼켜요. 그리고 한숨 자. 눈뜨면 기운이 날 거예요. 택시 불러 병원 가요. 알겠죠? 다녀와서 전화해요!"

남훈 씨가 무거운 눈꺼풀을 들어올렸을 때는 선아도 이미 출근을 하고 집에 없었다. 그의 몸은 여전히 벌벌 떨렸고, 졸음이 달아날수록 통증이 거세어졌다. 목 위로는 뜨겁게 열이 올랐고 목 아래로는 심한 한기를 느꼈다. 그리고 몹시도 배가 고팠다.

'이렇게 아픈 나를 버려두고 출근하다니!' 남훈 씨는 순간 아내가 미워졌다. '뭐? 택시 불러 병원에 가라고? 지독히 아픈데 어떻게 일어나 택시를 부르란 말야? 날 위해 오늘 하루는 휴가를 냈어야지!'

아플 때 집 안에서 앓아눕는 건 남훈 씨가 평생을 행해온 자가 치료 방식이었다. 26년 전 쓰러졌을 때 병원에 간 것은 어디까지나 타의에 의해 그렇게 된 것이지 자신의 의지가 아니었다. 아주 예전부터 그는 의사들을 싫어했다. 우선 그는 의사들의 그 교만한 눈빛이 싫었다. 30초 만에 상대의 문제를 다 안다는 듯 단정하는 것도 싫었고, 대충 주사나 처방한 뒤 사람을 쫓아내는 무례함도 싫었다. 그런 자들에 한 푼이라도 돈을 벌어주는 건 정말이지 하고 싶지 않았다.

그런 이유로, 남훈 씨는 아플 때마다 아내의 돌봄을 받아왔다. 공무원 생활을 할 때도 그랬지만 요양원에서 일한 뒤에도 아내는 그의 건강을 세심히 신경 썼다. 만일 아내가 바빠 그의 아픈 몸을 챙기지 못하면 선아가 챙겨주었다. 둘 다 야근을 한다거나 해서 그의 질병을 모른 체하는 일은 있을 수 없었다. 어쩌다 그런 상황이 되면 남훈 씨는 앙심을 품고 있다가 몇 날 며칠 앙갚음했다. 그 어떤 비난보다 불편한 침묵시위를 벌이면서.

'하지만…… 지금 나는 놀고 있잖아.'

속상한 마음에 남훈 씨는 이불을 뒤집어썼다. 26년간 일을 했건 어쨌건 지금 자신은 집에서 놀고 아내는 밖에서 일한다. 그런 아내에게 전처럼 자신을 돌봐달라는 건 뻔뻔한 어리광 아닐까? 선아도 사회생활을 시작해 열심히 일하고 있다. 집에서 노는 건 오로지 자신뿐이다. 침대에서 추락하다시피 방바닥으로 내려와 남훈 씨는 콜택시를 불렀다.

"무릎에 물이 찼네요. 최근에 무리하신 적 있으세요?"

의사가 물어보았다. 그는 남훈 씨보다 젊어 보였지만 머리에 새치가 수북해 겉늙은 인상이었다.

"예…… 뭐."

"뭣 때문에 아픈지 알아야 치료에 도움이 되거든요. 예를 들면 등산이라든가……."

"예, 등산을 했습니다."

남훈 씨는 얼른 답했다. 의사는 그런 그를 가만히 보다가 고개를 끄덕였다. '그렇게 말한다면 할 수 없지.' 하고 체념하는 눈빛이었다. 기분이 나빠져 남훈 씨는 갑자기 콧구멍을 벌름거렸다.

"아뇨, 실은……. 플라멩코를 시작했습니다!"

남훈 씨가 말했다.

"플라멩코? 그게 멕시코 춤이던가요?"

의사가 물었다. 그토록 똑똑한 의사가 플라멩코의 나라를 모른다는 게 남훈 씨는 놀라웠다.

"아뇨, 스페인 춤입니다."

"아, 그렇군요." 의사가 고개를 끄덕였다. "그래, 그건 어떻게 추는 건가요?"

아픈 몸을 일으켜 겅중대면서 남훈 씨는 발동작을 몇 가지 선보였다. 입으로 박자를 착착 맞추며.

"확실히 무릎에 무리가 되겠습니다." 고개를 끄덕이면서 의사가 컴퓨터 자판을 쳤다. "당분간 쉬세요. 무릎에 테이핑도 하시고."

"테이핑요?"

"네, 그건 밖에 나가면 가르쳐드릴 겁니다."

"얼마나 쉬어야 하죠? 춤을, 관둬야 하나요?"

의사는 고개를 돌려 남훈 씨를 바라보았다.

"2, 3개월은 쉬어야겠는데. 환자분에게 달렸죠. 성실하게 쉬셔야 합니다. 드리는 약도 잘 드시고. 행여나……" 의사의 눈빛이 싸늘해졌다. "몸이 좀 나아졌다고 약을 맘대로 끊지 마세요."

남훈 씨는 얼결에 고개를 수그렸다. 간호사는 테이핑 방법을 세심히 알려주었다.

"문자로 영상 링크를 보내드릴 테니 헷갈리면 자녀분에게 알려달라고 하세요. 저한테 다시 오셔도 좋고요."

그 말을 듣고, 남훈 씨는 우울해졌다. 그는 잠시 선아 없는 삶을 상상해본 것이다. 하기는, 자식이 있어도 이런 걸 부탁할 수 없는 사람들이 있겠지. 그것은 꽤나 곤혹스럽고 서러운 삶일 것이다. 다리를 절뚝이면서 남훈 씨는 병원 문을 힘껏 밀었다.

"괘씸한 놈 같으니!"

집으로 돌아온 남훈 씨는 오후 내내 플라멩코 강사를 몹시 욕했다. 무리를 하면 무릎이 상할 수 있다고 경고를 해주었으면 좋지 않았나? 그랬다면 몸이 이렇게까지 되지는 않았을 텐데. 남훈 씨는 당장 전화를 걸어 플라멩코 강사에게 수업에 못 가는 사정을 늘어놓았다. 그러자 어떤 따뜻한 위로도 없이 강사는 이야기했다.

"다 낫거든 다시 오세요. 그때까지 팔 동작 위주로 복습을 하시고요. 아 참, 어제 저녁 식단 봤어요. 짜지 않게 드신다더니, 온통 짜게 드시던데요? 이제부터 젓갈류와 찌개는 끊으세요. 목이 좀 막히면 숭늉을 드시고요. 행여 아프다고 보양식 같은 거 먹지 마세요. 그게 다 고칼로리식, 고탄수화물식이니까. 아시겠죠? 초식동물처럼 드세요. 저녁 식사는 7시 전에 마치도록 하시고요."

'정말이지 냉정한 놈이구먼.'

남훈 씨는 자기가 강습소에 돈이나 갖다 바치는 호구에 불과하단 생각이 들어 또다시 불쾌해졌다. 더욱 답답한 것은, 이렇게 아파서야 언제쯤 멋들어지게 플라멩코를 추게 될지 알 수 없단 거였다. 아무튼 지금은 누구를 원망한다는 게 조금도 도움이 되지 않았다. 남훈 씨는 약봉지를 죽 펴놓고 먹어야 할 날짜와 시간을 꼼꼼히 적었다.

'이렇게 해두지 않으면 언제 약을 먹었는지 헷갈리거든.'

이를 악물고, 그는 일어나 주방으로 갔다. 7시까지 식사를 마치려면 6시 반에는 저녁을 먹어야 했고, 6시 반에 먹으려면 적어도 5시 반에는 밥을 안쳐야 했다. 플라멩코를 배우기 위해 이토록 쓸쓸하고 모양 빠지는 일을 해야 할 줄은 미처 몰랐다. 그래도 한 가지 좋은 일이 있기는 했다. 일을 마치고 집으로 돌아와 아내가 활짝 웃은 것이다.

"세상에, 우리 집에 우렁이각시가 왔나?"

피로한 얼굴로 생긋 웃는 아내를 보자 남훈 씨는 짜증스러우면서도 은근히 기분 좋았다.

　"아니, 아빠가 밥을 했다고요?"

　퇴근한 선아도 큰 소리로 호들갑을 떨었다.

　"그냥 쌀을 씻어 안쳤을 뿐이야. 밥통이 다 했지 뭐……."

　침실에 누운 채 남훈 씨는 중얼거렸다. 두 귀를 쫑긋 세우고 주방 쪽으로 주의를 기울였다. 모녀가 즐겁게 시시덕거리는 소리가 계속해서 들리도록 그는 침실 문을 비스듬히 열어두었다.

8. 당신, 바람났어?

 6월 첫째 주 목요일. 남훈 씨는 서재에 앉아 파코 데 루치아의 음악을 들으며 '청년일지'를 들여다봤다. 요양원 비번인 아내와 오붓이 앉아서 늦은 아침을 먹은 뒤였다.

 무릎은 일상생활에 무리가 없을 만큼 회복되어 있었다. 하지만 앞으로도 한두 달은 조심해야 한다고 의사는 말했다. 남훈 씨는 플라멩코 대신 스페인어 공부에 집중하기로 했다.

 '기왕 이렇게 된 거, 쉬는 동안 다른 과제를 하나씩 해치우자고.'

 남훈 씨는 다짐했다. 그는 이제껏 쇼핑을 하고 춤을 배우는 도락에만 몰두해온 게 부끄러웠다. 만약 무릎이 아프지 않았다면 남훈 씨가 이런 생각을 할 일은 없었으리라. 핑계 좋게도, 그는 플라멩코 솜씨가 능숙해진 다음에 하겠다며 나머지 과제를 미루고 있었다.

 "여보! 과일 드려요?"

 갑자기 들어온 아내 때문에 남훈 씨는 놀라서 일지를 얼른 덮었다. 그러나 눈치 빠른 아내가 그 수상한 몸짓을 놓쳤을 리 없었다.

"당신…… 바람났어?"

아내가 물었다. 서재 밖에 있던 발이 안으로 쑥 들어왔다.

"개코같은 소리!"

남훈 씨는 성을 냈다.

"그럼 대체 이것들은 다 뭐예요?"

아내는 쏘아붙이고 밖으로 갔다. 안방 쪽에서 어수선한 소리가 났고, 곧 돌아온 아내 손에는 남훈 씨의 새 속옷과 플라멩코 슈트가 들려 있었다.

"말해봐요. 당신이 바람난 게 아니면 남사스러운 속옷이랑 이 망측한 블라우스가 다 뭐냐고요?"

아내는 또다시 밖으로 갔다. 돌아온 아내 손에는 하얀색 비단천이 들려 있었다. 그것을 구겨 쥐고 아내가 막 흔들었다.

"게다가 이 스카프! 이건 대체 누구 주려고 산 거예요?"

순간, 남훈 씨는 아내의 어깨를 떠밀고픈 강한 충동을 느꼈다. 하지만 그는 주먹을 쥐고 가만히 있었다. 고함을 치지도 않았다. 왜냐면 그렇게 살기로 마음을 먹었으니까. 물론 지금은 아내가 먼저 화를 냈고, 그것을 받아치는 게 '청년일지'의 첫 번째 과제를 망치는 일은 아닐 터였다. 그래도 남훈 씨는 화내지 않았다. 그는 숨을 크게 마시고 천천히 내쉬었다.

"그건…… 당신 주려고 산 거야."

"뭐, 나요?"

아내의 기세가 누그러졌다.

"언제 주면 좋을지 잘 모르겠더라고."

얼버무린 뒤 남훈 씨는 황급히 집을 나섰다. 헐렁한 면바지에 얇은 셔츠만 가까스로 걸친 채였다. 아파트 단지를 막 벗어나는데 바지춤에서 휴대폰이 징징 울렸다.

'그새를 못 참고 전화를 했구먼.'

남훈 씨는 곧 들어가마고 얘기한 뒤에 전화를 끊으려 했다. 하지만 귓가에 들려온 것은 뜻밖의 목소리였다.

"영감님, 왜 안 오세요?"

전화기 너머에서 누군가가 말했다.

"뭐? 어딜?"

휴대폰을 귀에서 뗀 남훈 씨는 액정 화면을 들여다봤다. '늙다리'라는 글자가 대번에 눈에 띄었다.

"오늘 3개월 차 점검일이잖아요. 주차장에서 만나는 것으로 계약서에 적혀 있는데……."

"아차, 그렇지! 조금만 기다려. 나 지금 나왔으니까."

남훈 씨는 전화를 끊고 바삐 걸었다. 3개월 만에 본 자신의 굴착기는 어딘가 조금 피로한 인상이었다. 기계가 피로해 보인다니, 그건 참 이상한 말이지만 남훈 씨 눈에 그렇게 보이는 건 어쩔 수가 없었다. 그는 차체 뒤쪽이 약간 긁힌 걸 보고 눈살을 찌푸렸다. 마치 그의 엉덩이가 긁힌 듯 살갗이 움찔했다.

"죄송해요. 신경을 쓰긴 했는데……."

청년이 슬며시 어깨를 움츠렸다.

'속이 상했을 뿐이야. 화가 난 게 아니고.'

남훈 씨는 차 문을 열어보았다. 운전석 내부는 그가 사용할 때와 달라진 점이 없었다. 시트와 발판도 깨끗이 관리한 태가 났다. CD플레이어 위를 손가락으로 닦자 먼지 한 톨 묻지 않았다. 엔진도 잘 돌아갔다. 그는 운전석에 앉아 청년을 지그시 바라보았다.

"그래, 자네는 무슨 음악을 들어? 음악을 듣기는 듣나?"

"저는……." 청년이 쭈뼛대면서 곁으로 왔다. "제가 듣는 걸 들려드릴까요?"

"그래, 어디 틀어봐."

남훈 씨는 고개를 끄덕였다. 곧이어 들린 엄청난 소음에 그는 두 귀를 얼른 막았다. 그럴 줄 알았다는 듯 청년이 재빨리 음악을 껐다.

"놀라셨죠? 이건 헤비메탈이라는 건데, 그러니까 메탈이지만 아주 과격한 거예요."

"그 정도 해석은 나도 하겠군."

머리를 흔들며 남훈 씨는 신경질적으로 두 귀를 쑤석였다.

'그나저나 뜻밖인걸.' 찌푸린 낯으로 그는 청년을 훑어보았다. '저렇게 빈 깍지 같은 몸뚱이 속에, 그래 그런 불덩이가 있단 말야?'

"뭐라도 듣는다니 다행이군."

남훈 씨는 차에서 내려 운전석 문을 닫았다. 그는 청년이 '아무거나 들어요'라거나 '라디오를 들어요' 하지 않고 음악의 장르를 정해 듣는 게 마음에 들었다. 아니, 마음이 놓였다. 남훈 씨는 늙다리 청년을 데리고 주차장 뒤뜰로 갔다. 널따란 조경석에 그들은 나란히 걸터앉았다.

"그래, 요새 어떻게 지내? 일은 할 만해?"

"하던 일이니까요." 청년이 웅얼거렸다. "다만……."

"다만?"

"아버지가 좀 편찮으셔서 지난달 일을 몇 번 뺐어요."

"못써, 그럼! 이 바닥에선 신뢰가 생명인데."

남훈 씨는 자기도 모르게 언성을 높이고 말았다.

"저도 알아요. 하지만…… 저 말고는 아버지를 돌볼 사람이 없거든요. 어머니는 맨날 울기만 하셔서."

"그럼 간병인을 구해야지."

"그래도 되겠지만……." 청년이 한숨을 푹 쉬었다. "무서워서요. 아버지가 행여 돌아가시면, 그때 손을 못 잡아드릴까 봐."

'단순한 노환이 아니구먼.' 남훈 씨는 청년의 아버지가 생사를 넘나들 만큼 편찮은 것을 알게 되자 마음이 쓰였다. 그는 어떤 말이건 해줘야겠다는 의무감을 느꼈다.

"그럴수록 열심히 해야지. 그래서 장가도 들고 손주도 봬드리고."

청년은 얼른 고개를 저었다.

"글렀어요, 그건. 누가 나 같은 놈이랑 결혼을 하겠어요. 영감님한테 다 큰 딸이 있다면 저 같은 놈에게 주겠어요?"

'왜! 자네가 어때서!' 남훈 씨는 말하려다 입을 닫았다. "어허, 벌써 날씨가 후텁지근하네."

남훈 씨는 공연히 손부채질을 했다. 정오의 햇살이 주차장 뒤뜰을 뜨겁게 달구었다.

"그래, 결혼 생각은 있고?"

청년은 또다시 도리질을 했다.

"딱히 아쉽지 않아요."

'답답하구먼.'

자신도 모르게 쏟아지려는 말을, 남훈 씨는 꿀꺽 삼켰다.

"그래…… 자네 아버지는 어떤 분인가?"

"그냥 평범한 분이에요. 자수성가하시고……."

'자수성가?'

남훈 씨는 깜짝 놀랐다. 그는 청년의 부모가 가난할 거라고 단정을 했던 것이다.

"그럼 자네는 어째서 굴착기를……. 아니, 자네는 이제까지 뭐 하고 지냈나? 그러니까 굴착기를 몰기 전에 말야."

"그냥 이 일 저 일 기웃댔어요."

"주로 어떤 일?"

"택배 상하차나 호텔 잡일? 뭐 그런 거요."

"몸 쓰는 일을 좋아했구먼."

"아뇨, 별로. 그냥 되고 싶은 게 없었어요. 하고 싶은 것도 없고. 그러다 보니까 어느 순간 이렇게 나이를 먹었더라고요. 몸 쓰지 않는 일을 선택할 수 없는, 그런 나이가."

"허, 그랬나."

남훈 씨는 시무룩이 고개를 수그렸다.

"그럼 3개월 뒤에 봬요."

청년이 자리를 털고 가뿟이 일어났다. 남훈 씨는 오후 일을 나가는 청년을 위해 두 손을 흔들며 '오라이'를 해주었다.

"이 차를 몰고 또 관리해보니까, 영감님이 까다롭게 구신 이유를 알겠더라고요."

주차장 입구에서 창문을 내리고 청년이 말했다.

"그래. 왜 그런 것 같아?"

아주 잠깐 청년은 말이 없었다. 얼굴이 발갛게 달아올랐다.

"부끄럽지 않으려고요." 청년이 말했다. "부끄럽지 않고 싶어서 그러신 것 같아요. 뭐에든, 누구한테든."

갑자기 몸이 굳어 남훈 씨는 돌처럼 서 있었다. 무슨 말을 하려다 말고 그는 눈살을 찌푸렸다. 자기도 모르게 눈물이 왈칵 솟으려는 걸 남훈 씨는 꾹 참았다.

'폭염이 덮쳐 오기 전에 알아보는 게 좋을 거야.'

남훈 씨는 걸음을 재촉해 집으로 갔다. 아내의 얼굴을 볼 일이 걱정이었는데, 다행히 집은 비어 있었다. 조그만 메모가 아내 대신 식탁에서 그를 맞았다.

"친구들 만나러 가요. 당신 좋아하는 수박, 씨 발라 놓았으니까 냉장고에서 꺼내 드세요."

마침 갈증이 나던 참이라 남훈 씨는 냉장고 문을 얼른 열었다. 수박은 너무 차지도 미지근하지도 않은 온도로 그의 입에서 부서졌다. 남훈 씨는 아내가 식탁 앞에 앉아 수박씨를 하나하나 바르는 장면을 상상하고 마음이 물컹해졌다. 두어 조각 먹은 수박 접시를 그는 다시 냉장고에 집어넣었다.

'참 주책이지. 요즘 왜 이렇게 성깔머리가 오락가락할꼬.'

서재로 가서, 그는 '청년일지'에 붙여둔 과제 목록을 살펴보았다.

죽은 다음 어디에 묻힐지 결정해둘 것

이것이 그의 다섯 번째 과제였다. 선아에게 배운 대로 인터넷을 검색해 남훈 씨는 화장장과 수목장림의 위치를 알아보았다. 거기까지 가려면 어떤 도로를 타야 하는지, 시간은 얼마나 걸리는지, 남훈 씨는 메모했다. 일을 더 미루지 않고, 그는 바로 집을 나섰다.

첫 번째로 도착한 곳은 벽제의 화장장이었다. 죽은 사람의 커다란 몸을 태워 작은 단지에 담아두는 게 남훈 씨에게는 경제적으로 느껴졌다. 국토에 무덤이 많아 더 이상 매장지를 찾기 어렵다는 뉴스를 들어온 터였다. 남훈 씨도 그런 사정에 꽤 공감이 됐다. 어딘가에 가려고 고속도로를 탈때마다 산비탈에 보이는 무덤들이 그는 싫었다.

'하지만 유해들이 지나치게 붙어 있는걸.'

추모 건물 내부를 돌며 남훈 씨는 생각했다. 유골 단지들이 벽면 칸칸 알뜰히 놓여 있었다. 그는 자기 유골이 편안한 눈높이에 배치될 수 있을까 하는 문제에 생각이 다다랐다. 행여 유골이 너무 높은 곳에 배치되면 식구들은 까치발을 해야 할 테고, 너무 낮은 곳에 배치되면 쪼그려 앉아야 할 것이었다. 무엇보다 설이나 추석 같은 명절 때가 신경 쓰였다. 그런 때는 추모객들도 다닥다닥 붙어 서 있어야 할 게 아닌가?

'좋지 않을 거야. 마음대로 화를 내거나 울 수 없잖아.'

남훈 씨는 그대로 화장장을 나서 수목장림으로 운전대를 돌렸다. 그는 드문드문 꽃다발 놓인 널따란 공원을 돌며, 죽어 쉬기에는 이런 곳이 좋겠다고 감탄을 했다. 나무도 묘지도 적당한 거리를 두고 배치돼 있어 죽은 이를 원망하기 편할 듯했다. 남훈 씨는 잎사귀 무성한 배롱나무 아래, 꽃다발 없는 어느 묘지 곁에서 땀을 식혔다. 그는 장래에 어떤 나무의 비료로 쓰이면 만족스러울지 고민하기 시작했다.

'과실수였으면 좋겠어. 하지만 아무도 먹으려들지 않겠지.'

남훈 씨는 떫게 웃었다.

9. 포기하고 싶거든 포기해라

'에잇, 도무지 집중을 못 하겠네!'

남훈 씨는 리모컨을 들고 CD플레이어의 전원을 껐다. 벌써 일주일째, 그는 명사들의 자서전을 책상 위에 쌓아두었다. 자서전 작법서도 여러 권 구해놓았다.

'자서전이라니, 주제넘는 짓이다.'

그는 책상 귀퉁이에 얹힌 '청년일지'를 매섭게 노려보았다. 몇 주 전만 해도 그는 마흔한 살의 자기 자신을 기특히 여겼는데 이제 생각이 달라졌다. 그는 그 젊은 놈이 얄밉고 괘씸했다. 67년을 한 번에 되새기는 게 얼마나 번잡한지 모르는 철부지의 글 때문에 말년에 웬 고생인가? 남훈 씨는 성마르게 리모컨을 들었다 놓았다. 그놈의 음악이란 틀어두면 산만하고 꺼버리면 적막해 견딜 수가 없는 것이다. 바꿔 넣은 CD만도 스무 장은 될 터였다. 남훈 씨는 그때그때 음악에 따라 자신의 문체와 글의 내용이 달라지는 것을 느꼈다. 그는 어떤 음악가의 정서가 아니라 자기 자신의 정서가 필요하다는 걸 알아차렸다.

딸아, 네가 이 글을 읽을 때쯤⋯⋯.

어렵게 쓴 문장을 남훈 씨는 벅벅 지웠다.

'네가 언제부터 그렇게 다정한 아비였단 말이냐? 뻔뻔하긴.'

스스로를 통박하고 남훈 씨는 펜을 놓았다. 또 한참 남의 자서전과 작법서를 뒤적인 뒤, 그는 지저분해진 노트를 찢고 깨끗한 종이를 새로 펼쳤다. 편지 형식으로 쓰는 것보다 연표 형식으로 쓰는 쪽이 아무래도 편할 듯했다. 맨 끝 장에 작가 후기처럼 자서전 쓴 이유를 적어두면 아내가 알아서 처리해주겠지.

1955년 2월 26일. 나는 강원도 홍천에서 태어났다.

남훈 씨는 그렇게 썼다. 하지만 뭔가 부족하다는 생각이 들었다. 그는 왜 어째서 세상에 태어났단 말인가. 그래서 그는 집안 내력을 더 먼저 쓰기로 했다.

우리 집안은 대대로 양반 가문이다. 나는 김해 허씨 가문의 71대손이야. 너는 자연히 72대손이 된다.

남훈 씨의 입가에 미소가 떠올랐다. 이제야 번듯하니 이야기가 풀리는 느낌이었다.

너의 할머니, 그러니까 내 어머니 역시 양반집에서 시집을 왔다. 당시 몸종을 둘이나 데려오셨지. 남편과 아들 앞에서, 네 할머니는 항상 무릎을 꿇고 계셨다.

그런 다음 남훈 씨는 자신이 초등학교에 입학한 연도를 썼다. 중학교에 입학한 연도를 이어서 적은 뒤 벌떡 일어나 장식장 앞으로 갔다. 그는 허름한 서랍을 거칠게 뒤적였다.

'얼마나 공부를 잘했나 알려줘야지. 이건 자료를 꼭 덧붙여야 돼.'

함부로 구겨진 내복 상자 안에서 그는 중학 시절 성적표를 끄집어냈다. 곰팡내 나는 종이를 노트 뒤에 잘 끼우고 고교 입학 연도를 되새겨 기록했다.

'공부를 잘했기 때문에 춘천으로 유학 갔다는 사실을 알려줘야겠는데, 어떻게 하지?'

남훈 씨는 펜 끝을 물고 슬며시 눈을 감았다.

'아하, 그렇지!'

얼른 일어나, 남훈 씨는 내복 상자 안에서 고교 시절 성
적표도 끄집어냈다. 그걸 뒤에 덧붙이면 아버지가 성적이
나빠 대학에 못 간 게 아니란 걸 그 애도 알 터였다. 그런
다음, 그는 우울한 필체로 기록을 이어갔다.

1973년. 나의 부친 허진규 옹이 별세하셨다. 원인은 간경화
로 인한 숙환이었다.

남훈 씨는 멍하니 앉아 돌아가신 아버지의 모습을 떠올
렸다. 문이 활짝 열린 사랑에서 담배를 태우거나 조용히 연
필을 깎던 장면이었다. 안타깝게도 아버지의 얼굴은 또렷
하질 않았다. 그의 기억에 남아 있는 건 과묵한 아버지의
방에서 풍기던 알싸한 냄새였다. 그리고 책상 밑에서 꼬들
꼬들 말라가던 단지 속 알밤들.

여섯 번째 과제를 자서전 쓰기로 정한 것은, 딸 때문이
아니라 아버지 때문이었다.

'만에 하나, 살다가 어떤 문제에 부딪혀 그 애가 아비를
찾았는데 내가 이 세상에 없으면 어쩐담?'

남훈 씨는 그런 때 자식이 읽을 수 있는 뭔가를 남기고 싶었다. 실제로 남훈 씨의 아버지는 일찌감치 세상을 떠, 그는 아버지에 대해 아는 것이 별로 없었다. 어린 시절에는 아버지와 터놓고 대화할 날이 오겠거니 했다. 말하지 않아도 서로 모든 걸 이해하는 날이 언젠가는 찾아오겠지. 하지만 아버지는 별안간 세상을 떠고, 어머니는 아버지에 관해서 말하는 걸 꺼렸다. 식구 중 누군가가 아버지 이야기를 하기만 하면 왈칵 성질을 부려대고는 했던 것이다. 그리하여 줄줄이 어린 동생들에게 아버지는 수수께끼의 인물로 남고 말았다. 제삿날이라든가 명절에, 동생들은 이따금 남훈 씨에게 물었다.

"형, 아버지는 어떤 분이었어?"

"오빠는 아버지랑 많은 추억이 있지? 하나만 이야기해봐."

"오빠는 아버지랑 술 마셔봤어?"

"아버지는 정말로 그렇게 웃음기 없는 사람이었나?"

"월운리 아재 말이, 육이오동란에 아버지가 끌려갔다던데. 그게 사실이야?"

그러한 질문에 대해 남훈 씨는 해줄 말이 없었다. 우선 그는 아버지와 긴 대화를 나눈 적이 없었고, 마주 앉아 술을 마신 적도 없었다. 게다가 아버지가 전쟁에 끌려가 군인 노릇을 했다는 건 처음 듣는 이야기였다. 남훈 씨는 동생이 자기보다도 아버지에 대해 많은 것을 알고 있어 무척이나 화가 났다.

'오빠, 아버지를 좀 만들어내봐.'

'그래, 형. 아버지를 좀 창조해봐.'

'오빠가 우리 아버지 노릇을 대신 좀 해줄 순 없어?'

동생들의 질문이 남훈 씨에게는 그렇게 들렸다. 그래서 그는 아버지에 대한 질문을 받을 때마다 불같이 화를 냈다. 그래서 남훈 씨는 알게 된 것이다. 어머니도 아버지에 관해 모르는 게 많았단 걸. 어머니도 남훈 씨처럼 가장 노릇하는 게 두렵고 싫었단 걸.

손등으로 눈가를 훔치고, 남훈 씨는 다시금 펜을 들었다. 그는 딸에게 자신의 그러한 무지를 물려주기 싫었다. 자식이란 다 자란 뒤에도 이따금 아버지를 떠올리고, 그와의 문답 속에서 삶의 문제를 넘어서고픈 그런 때가 있는 거니까. 그의 머릿속에서 영문학자의 꿈을 포기한 날의 기억이 슬며시 떠올랐다. 첫 직장에 입사해 근무를 시작한 날이었다.

포기하고 싶거든 포기해라. 포기할까 말까 고민이 된다면 그런 건 이미 글러먹은 거야.

홧김에 끼적인 글을 보고 남훈 씨는 놀랐다. 그는 자기가 가난해져서 어쩔 수 없이 그 꿈을 포기한 거라 믿었는데 실은 그렇지가 않았다. 그는 반드시 영문학자가 되기로 결심할 만큼은, 그래서 가족의 가난을 모른 체할 만큼은 그 일을 원치 않았다. 그것이 예순일곱에 깨달은 청춘의 진실이었다. 남훈 씨는 연필을 꽉 쥐었다.

'하지만 무엇을 포기하지 않아도 되는 환경에서 자라는 것은 얼마나 큰 행운이냐. 이 순간 내가 두려운 것은…… 네가 나처럼 자랐을지도 모른다는 것이다.'

착잡한 마음에 남훈 씨는 고개 숙였다.

1981년. 첫 아내와 결혼했다.

펜팔로 만나 연애했던 여자의 얼굴을 남훈 씨는 떠올렸다. 그가 그 여자와 결혼을 결심한 건 필체가 고와서도 아니요, 글솜씨가 좋아서도 아니었다. 단 하나, 편지에 동봉된 사진이 그의 마음을 사로잡았기 때문이었다. 갸름하고 작은 얼굴이 무척 예뻤다.

첫 아내가 아이의 이름을 지었다. 그 여자는 탤런트로 활동하던 여배우의 이름이 좋다고 했다. 아이가 유명해지고 돈도 잘 벌면 좋겠다고.

당시에 남훈 씨는 아무런 말도 안 했다. 왜냐하면 그는 벌써 결혼 생활에 흥미를 잃었으니까. 갑자기 생겨난 아이에 대해서도 마찬가지였다. 그래서일까. 그는 아이의 이름을 고민한 적이 없었다. 만일 아내가 아이의 이름을 지어달라고 부탁이라도 했다면 어지간히 당황했겠지.

"어쨌든 그건 사실이야."

남훈 씨는 중얼댔다. 그는 자기가 아이의 존재와 이름에 무심했다는 걸 기록할 의무를 느꼈다. 그런 것까지 써두어야만 딸은 자신이라는 사람에 대해 분명히 아는 것이다. 하지만 남훈 씨는 그 얘기를 쓰지 않았다. 어쨌건 자서전에는 독자가 있고, 그는 그 독자의 마음을 다치게 하기 싫었다.

1987년. 첫 아내와 이혼했다.

남훈 씨는 건조하게 썼다. 죽음의 위기를 넘기고 병원을 나선 날을 기록한 뒤에 뻐근한 손마디를 어루만졌다. 그는 계속 썼다. 이 정서와 리듬을 놓치고 싶지 않았다.

  1997년 5월. 지금의 아내와 선보았다.

  남훈 씨는 휘갈겼다.

  첫째 여동생의 강권에 의해 약속 장소인 다방으로 갔다. 그러나 새 삶을 시작할 마음을 먹고 있어서 나도 막연히 끌려간 것은 아니다. 사람이건 일이건 인연이 닿은 건 도전을 해보잔 생각이 들었다. 동생의 말에 의하면, 그녀는 한번 결혼에 실패했다. 아기를 낳지 못한다는 이유로 이혼을 당했단 것이다. 그런 여자가 다시 결혼을 하려 한다니, 나는 잘 이해가 되지 않았다.

  남훈 씨는 지나간 시절을 가만히 떠올렸다.
  "오빠, 아주 조건이 좋아. 그 여자한테 애가 없으니 나중에 아이가 생기면 얼마나 좋아하겠어. 안 그래?"

그때는 정말 널 데려올 생각이었다.

 남훈 씨는 눌러쓴 문장을 좍좍 지웠다. 이제 와 그런 말,
핑계에 지나지 않는 것이다. 무거운 죄책감을 느끼며 남훈
씨는 옛일을 생각했다.

 다방에 나와 앉은 여자의 첫인상은 박색이었다. 이마는
좁고 턱은 너부죽해 겉치레로라도 미인이라고 할 수 없었
다. 하지만 그녀는 공무원이었기에 그 같은 사내에게 시집
올 필요는 없어 보였다. 남훈 씨는 궁금한 것을 솔직히 묻
기로 했다. 다소곳하게 찻잔을 들어 입술을 축이고, 여자는
입을 열었다.

 "나는…… 가정 안에서 살고 싶어요." 여자가 말했다. 좁
은 이마에 송골송골 땀이 맺혔다. "그건 내게 없는 거였고,
꼭 갖고 싶은 것이거든요. 좋은 아내, 좋은 엄마가 되고 싶
어요. 좋은 사람을 만나서."

 남훈 씨는 발갛게 달아오른 아내의 청춘을 생각했다. 대
화를 주고받으며 그녀가 고아였다는 것을 그는 알게 되었
다. 문득, 남훈 씨는 그녀가 가엾어졌다. 꼭 그래서는 아닐
텐데, 그녀가 고와 보였다.

 놀랍게도, 결혼한 지 석 달 만에 아내는 임신을 했다. 선

물 같은 아이라고 해서 아내는 아이의 이름을 선아라고 지었다. 그러고 보니 남훈 씨는 자식의 이름을 지은 적이 없었다. 그것은 항상 아내들의 몫이었다. 왜냐하면 아내가 낳았으니까. 그는 그저 어떤 걱정, 놀라움, 당혹. 그러한 동요만을 느끼고 있었다.

'생략된 부분이 너무 많아.'

두통이 몰려와 남훈 씨는 바닥에 몸을 뉘었다. 그는 자기가 많은 사실을 편집하고 있다는 걸 알았다. 이런 식으로 자서전을 완성한다면 아무런 의미가 없을 터였다.

"에라 모르겠다."

튕기듯 일어선 남훈 씨는 주방으로 갔다. 시원한 커피를 마시고 머리를 식힐 생각이었다.

주방과 맞닿은 거실에서 가족은 뉴스를 보고 있었다. 벽에 걸린 시계가 밤 9시를 가리켰다.

'시간이 벌써 이렇게 됐나?'

남훈 씨는 큰 컵에 얼음을 넣고 선아가 내려둔 커피를 가득 채웠다. 단것이 당겨 선반을 뒤적이다가 올리고당을 찾아내 담뿍 넣었다. 젓가락으로 대충 휘젓고 그가 막 커피를 마시려는데 굵직한 앵커의 목소리가 귓속에 내리꽂혔다.

한 달 전 인천공항 입국장에서 처음 검출된 코로나19 변이 바이러스가 수도권을 중심으로 번지고 있습니다. 이는 인도에서 발생한 이중 변이의 일종으로 영국과 호주, 캐나다 등에서도 감염 보고가 이어졌습니다. 세계보건기구와 각국 정부는 심각한 우려를 나타냈고, 우리 정부도 비필수 해외 이동을 다시금 제한할 전망입니다. 이제까지의 백신과 치료제가 변이 바이러스에 적용될지는 상황을 지켜봐야 알 수 있다고 질병관리청은 오늘 발표했습니다.

"어쩜 좋아……. 다시 시작되려나?"

선아가 허둥거렸다.

"안 돼! 안 된다고!"

별안간 치솟은 아내의 절규에 남훈 씨는 커피 컵을 떨굴 뻔했다. 아내도 사람인 만큼 이따금 짜증 낼 때가 있긴 했지만, 이 정도로 악을 쓰는 건 살면서 한 번도 본 적 없었다.

"어, 엄마?"

겁먹은 얼굴로 선아가 돌아보았다.

"요양원이고 뭐고 그만둘 거야! 똥오줌 치우는 거 이젠 지겨워. 온통 원망에 질책뿐인 사람들도 진저리 나고!"

그런 다음 아내는 비명을 지르기 시작했다. 몇 분이나 지치지 않고 계속되는 비명에 놀라 이웃들이 여기저기서 인터폰을 눌렀다. 정신없이 둘러대고, 남훈 씨는 아내의 모습을 돌아보았다. 두 다리를 버둥대는 모습이 영락없는 아이였다. 자신을 바라보는 선아의 눈빛을 보고, 남훈 씨는 스스로 겁먹은 것을 깨달았다. 애써 담담한 척 숨을 고르고 그는 아내에게로 갔다. 나란히 앉아 어깨를 끌어안고, 그는 자신의 커피를 아내의 입 안에 조금씩 부어주었다.

10. 자신이 똑바로 설 공간을 만드는 것

"정말 죄송한데요, 저 대신 며칠 일해줄 수 있으세요?"

수요일 새벽 4시, 남훈 씨는 전화를 받았다. 막 잠에서 깨 믹스커피 두 봉지를 뜨거운 물에 탄 참이었다. 망할 자서전과의 한판 씨름이 그를 기다리고 있었다.

"방금 전에 아버지가 돌아가셨는데…… 오늘부터 3일간 계약한 일이 있어요. 갑자기 대신할 사람 구하는 것도 어렵고……. 저, 이 일은 꼭 해야 하거든요. 아주 중요한 건물주의 것이라서."

오뉴월 새벽인데 늙다리 청년의 목소리가 덜덜 떨렸다. 한겨울 강변에서 속삭이기라도 하는 것처럼.

"그래, 걱정 마. 내 대신 해줄게. 차는 어딨어?"

오랜만에 작업복을 꺼내 입으며 남훈 씨는 모처럼 심장의 박동을 느꼈다. 서재 귀퉁이에 박아둔 작업용 가방을 열고 그는 스스로에게 감탄했다. 바로 어제 작업을 마치고 내일을 준비한 사람처럼, 차체 점검을 위한 키트와 안전모 등이 제자리에 놓여 있었다. 그는 묵직하게 치밀어 오르는 무언가를 겨우 삼켰다. 자서전을 쓰며 쌓인 피로가 대번에 날아갔다.

'나도 그렇게 형편없는 인간은 아니야. 이렇게 열심히 살아왔다.'

그런 생각이 그의 뱃속을 뜨겁게 했다.

늙다리 청년이 알려준 동네까지 승용차를 몰고 가, 남훈 씨는 굴착기를 조심스레 뺐다. 그곳은 남훈 씨 동네에 있는 주차장처럼 널찍하지 않아 차를 밖으로 빼내는 게 어지간히 힘들었다. '아마 여기서 긁었나 보군.' 첫 번째 점검 날 굴착기 뒤에서 본 상처가 어떻게 생겨났는지, 남훈 씨는 알 것 같았다.

작업장은 도심 복판의 야트막한 동산 아래 있었다. 약 200평 규모의 토지에 함부로 자란 풀을 치우고 평탄화 작업을 하는 것이 계약의 내용이었다. 작업반장의 말에 따르면 그곳은 지주가 기부한 땅이었고, 공원이 들어설 예정이었다. 남훈 씨는 그 어리숙한 청년이 그토록 번듯한 일감을 구한 게 몹시 용했다. 그는 안전한 작업을 위해 현장 일꾼의 숫자와 동선을 차례로 확인했다.

"영감님이 여기를 한 번 쓱 긁고 가세요. 그럼 저 치들이 잔뿌리 같은 걸 수습할 겁니다. 작업자는 총 세 명이고요, 중간중간 동산을 산책하는 마을 주민이 있으니까 조심하세요. 우리도 신경을 쓰겠지만."

고개를 끄덕이며 남훈 씨는 매서운 눈으로 현장을 훑어봤다. 그는 작업장의 경계와 안전모 쓴 이들의 신체 특성을 되뇌고, 동산에서 내려오는 오솔길 몇 개를 분명히 봐두었다. 그런 다음 운전대에 올라 레버를 손에 쥐었다. 10년을 하루같이 잡아온 레버인데 뜻밖의 낯선 촉감에 그는 놀랐다. 겨우 4개월 못 본 새 변심한 애인을 다시 본 기분이었다. 신경이 곤두서 그는 음악도 켜지 않았다.

그가 작업장에서 가장 먼저 한 일은 굴착기가 똑바로 설 수 있도록 작은 공간을 다지는 거였다. 바로 거기서부터 200평 토지의 지반 다지기가 시작되는 것이다. 비스듬하고 울퉁불퉁한 곳에서 평탄화 작업을 시작하면, 초짜들은 자기 몸을 가누지 못해 버킷으로 바닥 여기저기에 상처를 낸다. 급하게 성과를 보여주려다 굴착기를 넘어뜨리는 참사도 일어난다. 자신이 똑바로 설 작은 공간을 만드는 것. 바로 거기서부터 모든 게 시작된다.

다음 날 새벽, 남훈 씨는 작업자들과 커피를 마시고 잡풀이 제거된 공터를 10여 분 거닐었다. 큰 구덩이는 큰 구덩이대로 작은 구덩이는 작은 구덩이대로 울퉁불퉁 파여 있었다. 그러나 그것들은 남훈 씨에 의해 보기 좋게 메워질 터였다.

'지나온 생의 잘못도 그렇게 메울 수 있으면 얼마나 좋을까.'

남훈 씨는 종이컵을 구겨 쥐었다.

레버는 작업 이틀째가 되자 비로소 손에 익었다. 이상한 생각이 들어 그는 잠깐 시동을 껐다. 남훈 씨는 멍하니 손바닥을 들여다봤다. 굳은살이 연해지고 조금 살이 붙었다. 변한 것은 굴착기의 레버가 아니라 자신이었던 것이다.

둥근 레버를 밀고 당기며, 남훈 씨는 춤추듯 흥이 솟았다. 뿌리도 암석도 없는 땅은 부드럽기 그지없어 그는 솜사탕 위를 걷는 듯했다. 굴착기로 로봇 따위를 만들겠다던 젊은 놈의 마음을 어쩌면 알 것 같았다. 나약한 인간의 몸으로 못 할 일을 굴착기와 한 몸이 되어 뚝딱뚝딱 해내는 것은 비할 데 없이 신나는 일이었다. 남훈 씨는 습관처럼 손을 뻗어 CD플레이어의 재생 버튼을 꾹 눌렀다. 그리고 깜짝 놀라 엉덩이를 들썩거렸다. 우아한 클래식 대신 늙다리 청년의 헤비메탈이 귀청을 쾅쾅 때렸다. 그러나 무아지경의 열정을 북돋워준다는 점에서, 그 음악도 클래식만큼 괜찮았다. 음악이 현장의 소음에 눌리지 않는 것도 마음에 쏙 들었다.

작업 마지막 날, 바닥 다지기를 끝내놓고 남훈 씨는 휴대폰을 꺼내 사진을 몇 컷 찍었다. 얼마 뒤 이곳에 오면 꽃과 아이들로 가득한 공원 풍경을 카메라에 담을 수 있을 거였다. 언제부터인가 작업을 마칠 때마다 남훈 씨는 자신의 성취를 사진에 담아왔다. 처음에는 일당을 뜯기지 않으려 시작한 일이었는데, 나중에는 완성된 건물의 모습을 보는 기쁨이 그 행위의 목적이 됐다. 그러나 그는 그런 사진을 인화해본 적은 한 번도 없다. 그의 삶에서 그럴 법한 여가는 도무지 없었으니까.

"영감님 실력이 대단하군요."

그 자리에서 통장으로 일당을 쏴 주고는 작업반장이 말했다.

"명함 한 장 주세요. 다음 공사 때도 연락드릴게."

"그러시오." 남훈 씨는 웃으며 고개를 끄덕였다. "나는 은퇴한 노동자니까, 땜빵이 필요하면 언제든지."

오랜만에 통장에 꽂힌 가욋돈을 보고 남훈 씨의 입에서

노래가 절로 흘렀다.

"기도하는 사랑의 손길로 떨리는 그대를 안고 포옹하는 가슴과 가슴이 전하는 사랑의 소온길, 으흠흠 흠흠으흠흠……."

요양원 앞 주차장에 차를 대고, 남훈 씨는 휴대폰 문자를 다시 보았다.

'아빠! 원 테이블 식당 예약됐어요. 7시까지 가면 돼요. 동네는 연남동이고요, 정확한 위치는 사진으로 보낼게요.'

남훈 씨는 선아가 보내온 지도를 꼼꼼히 확인했다. 그 사진 아래로 약간의 시간을 두고 두 번째 문자가 와 있었다.

'디저트 값은 제가 냈어요. 엄마하고 좋은 시간 보내세요. 사랑해요, 아빠!'

사랑? 사랑이라니. 중학생이 된 후 딸애 입에서 나온 적 없는 말이었다. 기분이 너무 좋아 남훈 씨는 히쭉 웃었다. 멀리서 아내가 지친 몰골로 요양원 문을 밀고 나왔다. 남훈 씨는 그 기분 그대로 차에서 내려 아내를 향해 소리쳤다.

"¡Mi querida esposa!(나의 사랑스러운 아내여!)"

"뭐라는 거예요?"

행여 누가 볼 새라 아내는 재빨리 주위를 두리번댔다.

"그냥 당신 부른 거야. 스페인어로."

남훈 씨가 말했다.

"스페인 말로 '여보'가 그렇게 길어요? 그 사람들 불편하겠네."

"배고프지? 저녁 먹으러 가자. 선아한테 부탁해 식당 예약해놨어."

남훈 씨는 서둘러 조수석 문을 열었다.

"식당이요? 큰일 나요, 이런 때!"

아내가 가느다란 눈을 치떴다.

"그만둔다며? 며칠 전엔 그렇게 말하더니."

"그야 그땐……."

아내의 입술이 오므라들었다.

"선아가 그러는데, 식탁을 하나만 두고 운영하는 곳이래. 그런 데는 괜찮다던데? 사람이라곤 주방장밖에 없고, 그 사람도 항상 마스크를 쓴다는 거야. 손님 나가면 소독 꼭 하고."

"그래도……."

아내가 머뭇거렸다.

"벌써 선불로 돈도 다 냈어. 35만 원."

"뭐라고요? 무슨 두 사람 한 끼 식사에!"

아내는 입을 벌리고 허리를 뒤로 젖혔다.

"당신 많이 고생하니까. 내가 대신 보상해주려고. 가엾은 당신 환자들 대신."

남훈 씨는 헛기침을 큼큼 뱉었다. 요사이 자서전을 너무 읽었나? 어디서 그런 말이 튀어나왔는지 쑥스럽기 짝이 없었다. 그는 아내의 등을 밀어 조수석에 얼른 앉혔다.

"가자고. 환불은 안 된대. 그런 데는 일단 재료를 사두면 취소가 안 된다는 거야."

특별히 부탁한 파코 데 루치아의 음악을 들으면서 내외는 천천히 식사를 했다. 남훈 씨는 그날의 데이트를 위해 스페인어 강사 카를로스에게 조언을 구해놓았다.

"만약 아내분이 스페인 요리를 처음 드신다면, 파에야가 좋을 거예요."

수업이 끝난 교실에서 카를로스는 말했다.

"파이야?"

"파에야요. 쌀 요리의 일종이죠. 오징어나 홍합 같은 게 잔뜩 들어가고, 약간 매워요."

"쌀 요리 좋죠. 그 사람은 밀가루를 싫어하거든."

"그다음엔 치즈를 곁들인 하몽을 꼭 드시고."

남훈 씨는 메모를 하며 고개를 끄덕거렸다.

"아, 나도 그 돼지 요리 꼭 맛보고 싶었어요."

"그리고 마늘빵 곁들인 새우감바스를 반드시 시키세요. 한국에서 그거 싫어하는 여성은 한 명도 못 봤거든요."

카를로스의 녹색 눈동자가 또다시 반짝거렸다. 입가에는 능글맞은 미소가 흐르고 있었다.

'난봉꾼 같으니.'

남훈 씨는 픽 웃었다. 하지만 식사를 하는 내내 아내의 표정은 좋지 않았다. 어째서 그럴까?

"왜 그래, 여기 소독 다 했다니까. 아직도 걱정돼?"

남훈 씨의 눈치를 보며 아내는 얼른 고개 저었다.

"아니, 그게 아니고요……. 이 밥이…… 너무 딱딱해. 아무래도 설익었나 봐."

그제야 남훈 씨는 문제를 깨달았다. 아닌 게 아니라 정말로 밥이 좀 덜 익은 모양이었다.

"다시 잘 익혀 달랄까?"

"아휴, 어떻게 그래."

아내는 고개를 가로저었다. 그러고는 포크로 하몽을 쑤석거렸다.

"이 햄도 너무 짜요."

"하몽 말야?"

"그게 이거 이름이에요?"

"그래, 이 햄이 하몽이야."

그러고 보니 짠맛이 과하긴 했다.

"물에 좀 헹궈볼까요?"

"에이, 모양 빠지게."

남훈 씨는 거금을 들인 음식이 아내의 입에 맞지 않자 속이 상했다. 일당에 가까운 돈을 날렸다는 생각에 기분이 착잡했다. 그런 남편의 속내를 알았는지 아내가 슬그머니 스푼을 집어 들었다.

"그래도 이건 맛있네요. 고소하고."

"아, 새우감바스! 그건 말야 이렇게 먹어야 돼."

남훈 씨가 큼직한 빵을 찢어 아내에게 나눠 주었다. 그는 들고 있던 빵에다 올리브오일을 듬뿍 적셔 입에 넣었다. 아내가 남편이 하는 양을 가만히 보고 있다가 똑같이 따라 했다.

"그렇네요, 정말 맛있다. 근데…… 이거 양이 너무 적은 거 아녜요?"

아내가 속삭였다.

"맛있어? 까짓 그럼 하나 더 시키지. 곱빼기로 달라고 하자."

"아서요! 이거 한 그릇에 7만 원은 할 텐데." 아내가 작은 손으로 감바스 그릇을 잡아당겼다. "그냥, 내가 더 많이 먹을래."

아이처럼 어리광 부리는 아내를 보기는 정말로 오랜만이어서 남훈 씨는 눈시울이 뜨거워졌다. 얼른 고개 숙이고, 그는 식탁에 놓인 아내의 손을 꽉 붙잡았다.

"우리 해외여행 가자. 코로나 이거 끝나면."

"에이, 언제 끝날지 알아?"

아내의 말투가 침울해졌다.

"끝나지 왜 안 끝나. 우리나라에 똑똑한 의사 과학자가 얼마나 많은데. 거기다……"

"거기다?"

"당신같이 훌륭한 요양보호사도 있잖아."

남훈 씨는 용기를 내 아내를 쳐다보았다. 그러나 아내는 어쩐 일인지 고개를 숙이고 있었다. 그런 아내의 손을 흔들며 남훈 씨는 이어 말했다.

"기억 안 나? 사스도 메르스도 다 끝났어. 이것도 끝날 거야. 걱정 말라고. 그때 우리 스페인 가자. 당신이랑 나랑."

"선아는?"

아내가 물었다. 남훈 씨는 흥, 하고 콧방귀를 뀌었다.

"나중에 제 남편이랑 가라지. 우리는 신혼여행도 변변히 못 갔잖아."

모처럼 소리를 내어 아내가 활짝 웃었다. 아주 작은 구덩이 하나를 보기 좋게 메운 듯해서, 남훈 씨도 씨익 웃었다.

11. 궂은 날도 좋은 날도

1998년 11월 1일. 보연이와 저녁을 먹었다.

자서전 노트를 펼쳐 남훈 씨는 썼다. 그가 그 날짜를 기억하는 건 그날 선아가 태어났기 때문이었다. 남훈 씨는 동사무소에서 선아의 출생신고를 했고, 주민등록초본을 한장 떼었다.

차를 몰아서 그는 전처의 주소지를 더듬더듬 찾아갔다. 구불구불한 산비탈 너머로 싯누런 해가 저물고 있었다. 그는 낡은 연립주택 근처에 차를 대고 학교에서 집으로 올 보연을 기다렸다. 갈색 교복을 입은 사춘기 아이들이 둘씩 셋씩 떠들며 언덕을 올라왔다. 남훈 씨는 그 애들의 얼굴을 유심히 살피며 누가 자신의 아이일까 속을 태웠다. 눈매가 닮은 아이도 걸음새가 닮은 아이도 한 번쯤 그의 아이가 되었다가 골목으로 사라졌다. 얼마나 시간이 흘렀을까. 남훈 씨는 마침내 차 문을 벌컥 열었다.

'씨도둑은 못 한다더니.'

그는 땀 젖은 손을 바지에 쓱쓱 닦았다. 보연의 이목구비는 영락없이 제 엄마였지만, 얼굴형과 표정만큼은 자신과 똑같았다.

"그때는 너를 꼭 데려오려고 했어."

노트에 끼적인 문장을 남훈 씨는 들여다봤다. 그는 펜을 들어서 '그때는'이라는 어절을 벅벅 지웠다. 그는 그것을 '그 전에는'이라고 고쳐 썼다.

저녁 식사 메뉴가 무엇이었는지는 기억이 나지 않았다. 보연이 좋아했던 떡볶이였던 것 같기도 하고, 오랜만에 고기를 좀 먹이고 싶어 갈빗집으로 데려간 것 같기도 했다. 하여간 그 애는 표정이 밝지 않았다.

"너, 보연이 맞지? 내가 네 아버지야."

남훈 씨가 말하자 보연은 얼결에 고개를 끄덕였다. 사춘기 특유의 무표정한 낯이 달아올라서 적잖이 놀랐음을 알 수 있었다. 하기야, 저도 그처럼 닮은 남자를 본 것은 처음이겠지. 그런 게 핏줄이리라.

식사를 마친 뒤 지갑에서 10만 원을 꺼내 아이에게 쥐여주고 남훈 씨는 돌아섰다. 그리고 다시는 그 애를 찾지 않았다. 그때 보연은 고등학교 1학년이었다.

'벌써 다 컸어. 키가 제 엄마만 한 걸. 3년만 지나면 어른

이 될 거야.'

남훈 씨는 생각했다. 가슴에 걸린 무거운 추가 끊어져 나간 기분이었다.

'그건 참 잘못된 판단이었네.'

무려 67세가 돼서야 남훈 씨는 깨달았다. 그러나 돌아보면 그것은 어쩔 수 없는 착시였다. 그날 아침에 그는 갓난쟁이를 안아보았던 것이다. 열일곱 살짜리의 체구는 그에 비하면 걸리버나 다름없었다. 두 애가 한 어미에게 났더라도 꼭 그렇게 느꼈을 거였다.

'하지만 두 애가 한 어미에게서 난 건 아니야. 그건 아니지.'

남훈 씨는 커피 잔을 들었다 내려놓았다. 빈 컵 속의 얼룩이 꼭 여섯 살 아이의 그림자 같았다. 전처와 이혼 수속을 밟던 날, 법원에서 본 보연의 체구는 얼마나 자그마했나. 남훈 씨는 자신이 버린 아이가 열일곱 살이 아니고 여섯 살이었음을 충격 속에 인지했다. 수치심과 분노가 해일처럼 솟아 그의 몸을 때렸다. 아주 오랜만에 그는 대단한 갈증을 느꼈다. 그것은 쓰디쓴 알코올에 대한 갈급한 욕구였다.

열일곱 먹은 딸한테 밥 한 끼 사주고, 그는 마치 열일곱까지 키우기라도 한 양 생각을 하고 있었다. 그게 착각이라니! 남훈 씨는 책상에 놓인 '청년일지'를 움켜쥐었다. 무슨 내용이 적혀 있는지 뻔히 알면서 그는 노트를 폈다. 줄줄이 적힌 과제 목록 중 붉은 펜으로 시작 표시를 하지 않은 건 일곱 번째 과제 딱 하나였다.

"너는 혼자 살 때도 그 애를 데려다 키울 수 있었어. 그럴 수 있었다고!"

남훈 씨는 스스로에게 소리쳤다. 하지만 그것은 어제만 해도 그의 머릿속에 떠오른 적 없는 생각이었다. '남자 혼자 아이를 키워? 아이는 엄마가 키우는 게 순리지.' 오래전에도 그리고 어제도 그는 그렇게 생각했다. 재혼을 하든지 전처와 합치든지 둘 중 하나는 해야지, 아내 없이 어떻게 애를 키운단 말인가!

"나는 못 해!"

남훈 씨는 소리쳤다. 그 애를 다시 찾다니, 무슨 염치로? 그는 도저히 그럴 수 없을 듯했다. 아니, 그에게는 다른 준비가 필요할 듯했다. 새 정장을 맞추고 스페인어를 배운 게 헤어진 딸을 만나는 일에 무슨 도움이 된단 말인가. 한참 달리다 잘못된 길에 들어선 걸 알아챈 마라토너처럼 남훈 씨는 혼란스러웠다.

그는 무언가 다른 일을 해내야 할 것 같았다. 이제 마흔이 된 딸을 다시 만나기 위한 실용적인 일들을. 그런데 대체 그것은 무엇일까? 마흔 살 된 여자에게 필요한 게 뭘까? 갑자기 울린 휴대폰 소리에 남훈 씨는 소스라쳤다.

"혹시 오늘 시간 되세요? 잠시 뵐 수 있을까요?"

늙다리 청년이 물었다.

오후 3시에 두 사내는 주차장에서 만났다. 개천과 닿은 중장비 전용 주차장 뜰엔 분홍색 자귀나무 꽃이 흐드러졌고 그 아래로 찔레와 개망초가 어지럽게 피어 있었다. 청년은 검은 정장 차림으로 홍삼 진액 상자를 가만히 들이밀었다. 남훈 씨는 그것을 열어 청년에게 한 봉지 주고 자기도 한 봉지 꺼내 마셨다.

"죄송합니다. 어디 좋은 데로 모셨어야 하는데, 코로나 시국이라 그러지도 못하고."

"뭘, 난 이렇게 탁 트인 데가 좋아." 남훈 씨가 말했다. "그나저나 자네 아버지 영전에 인사를 못 드렸군. 삼가 춘부장 명복을 비네."

"춘부장요?"

흐리멍덩한 눈동자를 굴리며 청년이 되물었다. 남훈 씨는 버럭 솟은 짜증 때문에 두 눈을 꾹 감았다.

'아니 대체 왜 화가 나지?'

홍삼 진액을 두 봉째 찢어 마시며 남훈 씨는 곰곰 이유를 생각했다. 남훈 씨가 아는 단어를 청년이 몰라서 화가 난다는 것밖엔 다른 이유가 없는 듯했다. '대체 그런 일로 화가 솟을 게 뭐람? 카를로스는 그런 일로 화낸 적이 한 번도 없어.' 입맛을 쩝쩝 다시며, 남훈 씨는 청년을 똑바로 봤다.

"자네 아버지 말야. 다른 사람 아버지를 높여서 그렇게 불렀네. 옛날에는."

청년이 순순히 고개를 끄덕였다.

"어르신네, 춘당, 춘부장 다 비슷한 말이야."

"그렇군요."

"이거 받아."

남훈 씨는 하루 치 일당을 봉투에 담아 청년에게 주었다.

"아뇨, 저 대신 일해주신 것만도 감사한데……."

청년이 두 팔을 다급히 내저었다.

"받아. 요즘 세상에, 돈 말고 또 뭐로 애도를 표하겠나. 그나저나 어르신은 어떻게 보내드렸어?"

"매장을 했습니다."

청년이 봉투를 재킷 안에 집어넣었다.

"요즘 세상에?"

"선산이 있어서요."

'쳇, 가난뱅이는 확실히 아니로군.' 남훈 씨는 심술이 났다. "그래, 그 선산을 대 이어 돌보려면 자네도 장가를 들어야 할 텐데?"

"그러려고 합니다."

"뭐야?"

뜻밖의 대답에 남훈 씨가 인상을 썼다.

"안 되나요?"

"안 될 건 없지. 아 누가 안 된대? 다만 자네가 예전에……."

"아버지가 돌아가시고 무서워졌어요." 청년이 말했다. "제가 죽을 때 아무도 손 잡아주지 않는, 그런 풍경을 상상하니까요."

순간, 남훈 씨의 머릿속에 26년 전 자신의 모습이 떠올랐다. 마흔한 살 겨울, 자신도 꼭 그렇게 죽을 뻔했던 것이다. 그것은 정말로 암울하고 또 부끄러운 일이었다. 방 안 가득 토해진 피와 썩은 몸을 남에게 맡기지 않게 된 것을, 그는 행운으로 여겼다.

"좋은 생각이야. 잘됐군." 남훈 씨가 얼버무렸다. "그래,

선을 볼 텐가?"

"지금 당장은 아니고요."

초여름 햇볕을 받아 뜨듯해진 조경석 위에 두 사람은 그냥 있었다. 더운 바람이 불어와 남훈 씨는 셔츠를 들썩였고 청년은 재킷을 벗어 접었다. 남훈 씨는 자기가 아무 말을 않는데도 청년이 불편해하지 않자 마음이 편해졌다.

"저…… 말야."

남훈 씨가 운을 뗐다.

손수건으로 부채질을 하며 청년이 돌아보았다.

"자네가 결혼도 하고 자식도 낳겠다니까 하는 말인데." 남훈 씨는 슬그머니 눈치를 봤다. "또 자네가 최근 아버지를 여의기도 했고 말야. 그래서 묻는 건데……."

"네, 말씀하세요."

"만약 자네 아버지가 안 돌아가셨고 살아계신다고 해보세. 그런데 아버지하고 아주 오래전 헤어졌다고."

청년이 고개를 끄덕였다.

"한데 어느 날 아버지한테 연락이 왔네. 만나자고 말이지. 자, 그럼 자네는 아버지가 무엇을 어떻게 하면 좋겠나? 어떤 말이 제일 듣고 싶겠어?"

"글쎄요."

고개를 숙이고 청년은 잠시 고민하는 눈치였다.

"제가…… 그 사람을 꼭 만나야 하나요?"

남훈 씨는 깜짝 놀랐다.

"아니, 만나야 하냐니? 당연히 만나야 하지 않나? 아버지가 찾는다는데."

"글쎄요. 잘 모르겠네요."

청년이 가볍게 고개를 흔들었다.

"몰라? 왜 몰라?" 남훈 씨는 성을 냈다. 고요하게 멈춰 있는 청년의 눈동자가 그의 마음을 불안케 했다. "자네는 방금 아버지를 잃었어. 얼마나 슬프냐 말야! 그런데 그런 아버지가 살아계시다, 그러면 얼마나 보고 싶겠나? 안 그래?"

"그건 아버지께서 평생 저를 돌봐주셨기 때문에 그런 거죠."

청년이 말했다. 남훈 씨는 화가 나기도 하고 당황스럽기도 해서 엉덩이를 들썩거렸다.

"하지만 말야, 자네는 방금 아버지를 잃었어. 그러니까 지금 심정으로는 아버지가 살아계시기만 하면…… 거기가 어디건 가지 않겠나? 응?"

"하지만 오래전에 헤어졌다면서요. 그런 사람을 아버지라고 할 수 있을까요?"

"아니, 오래 못 보았다고 아버지가 아니란 말인가? 어찌 그리 냉정해?"

"곁에 있어야 아버지죠. 궂은 날도 좋은 날도."

청년의 말을 듣고 남훈 씨의 심장이 내려앉았다. 뜨듯하고 가벼운 무언가가 그의 몸에서 새어 나갔다.

"잘 생각해보고 결정하세요."

청년이 말했다.

"그래……." 남훈 씨는 고개를 주억이다 깜짝 놀랐다. "뭐? 아니, 이건 내 얘기가 아냐!"

"그래요?"

"그래!"

청년은 또다시 고개를 끄덕였다.

"그럼 그 어르신은, 그러니까 오래전 헤어진 자식을 만나고 싶다는 그 아버지는 혹시 경제적 여유가 있으신가요?"

"뭐야, 긴 세월 헤어진 아버지를 본다는데, 겨우 돈 얘긴가?"

남훈 씨의 얼굴이 달아올랐다.

"그 자식에게 경제적 도움이 필요한 상황일 수 있잖아요." 침착한 어조로 청년이 대꾸했다. "오랫동안 아버지 없이 살았다면서요. 생각해보세요. 요즘 세상에, 돈 말고 무엇으로 결핍을 보상하겠어요? 말씀해보세요. 그 아버지는 그런 상황에 준비가 돼 있나요? 그러니까 최소한 3천 정도는……."

"3천이나?" 남훈 씨는 기함했다. 그가 비상금으로 모아둔 것은 천만 원 남짓이었다. "그건…… 꼭 그렇지는 않아."

"그렇다면 다시 잘 생각해보세요. 서로 크게 상처를 받을 수도 있으니까."

"그래……." 남훈 씨는 고개를 끄덕이다 가로저었다. "아니! 이건 내 얘기가 아니래도!"

한쪽 눈썹을 으쓱이면서 청년이 고개를 끄덕거렸다.

그날 밤, 남훈 씨가 꾼 꿈은 참으로 고약한 것이었다. 꿈속에서 그는 오래전 헤어진 자신의 딸을 보았다. 낯선 얼굴이었는데, 그 여자가 자기 딸이라는 걸 분명히 알 수 있었다. 남훈 씨는 영화관의 관객처럼 가만히 여자를 지켜보았다.

으슥한 밤, 하늘에서 보라색 비가 내리고 있었다. 여자는 헐벗은 차림으로 낡은 건물 벽에 기대어 누군가를 기다렸다. 잠시 후 한 사내가 골목으로 들어왔다. 그는 음흉한 눈으로 여자를 훑어봤다. 턱을 쳐들고 아양을 떨면서 여자가 씩 웃었다. 그러나 사내는 코웃음을 치더니 암흑 속으로 사라졌다. 신경질을 부리며, 여자가 셔츠 단추를 몇 개 풀었다. 치마도 짧게 들어 올렸다. 얼마 뒤, 어둠 속에서 또 한 사내가 나타났다.

남훈 씨는 그 사내가 자신의 굴착기를 빌려 간 그 늙다리 청년이란 걸 똑똑히 알아봤다. 검은 정장을 입은 놈이 재킷 안에서 5만 원짜리 지폐 두 장을 꺼내 딸에게 줬다. 그러자 남훈 씨의 딸은 그 돈을 받아 들더니 늙다리의 팔짱을 얼른 끼었다. 둘은 허름한 건물 안으로 총총히 사라졌다.

"아아, 안 돼!"

소리치며 남훈 씨는 깨어났다. 온몸이 땀으로 흠뻑 젖었고 심장은 요동쳤다. 그것이 얼마나 심하게 날뛰는지 고통스러울 정도였다. 새벽 6시, 아내는 새벽 조 출근을 하고 없었다. 모든 게 꿈이었음을 깨닫자 남훈 씨는 안도감을 느끼고 엉엉 울었다.

"아빠, 왜 그래! 무슨 일 있어?"

출근 준비를 하던 선아가 머리에 롤을 만 채 문을 열었다. 남훈 씨는 화들짝 놀라 이불 속에 숨어들었다.

"아냐! 아빠 괜찮아. 얼른 출근해."

이불 속에 웅크린 채 남훈 씨는 흐느꼈다. 얼마 후 도어록 닫히는 소리를 듣고 그는 이불을 벗어 던졌다.

"그 애가 그렇게 됐으면 어떡하지? 정말로 그렇게 돼버렸으면?"

남훈 씨의 눈에서 눈물이 줄줄 흘렀다.

"아아 나는 쓰레기다. 무책임한 버러지야!"

큰 주먹으로, 그는 자기 가슴을 퍽퍽 때렸다.

12. 커피는 한 봉이 정량입니다

심란하던 남훈 씨의 마음은 아침밥을 먹은 뒤 조금씩 가라앉았다.

"3천만 원? 흥, 그게 뉘 집 애 이름인가?"

식구들 없는 주방에서 남훈 씨는 투덜거렸다. 앞치마를 매고 그릇 몇 개를 닦는 사이 늙다리 청년의 말이 귓전을 맴돌았다.

"그래, 그런 요구는 일리가 있어. 내 생각이 짧았다."

그는 성마른 손길로 그릇들을 헹구었다.

선아에게 부탁해 인터넷 사용법을 배워둔 건 참으로 잘한 일이었다. 남훈 씨는 큰 잔에 믹스커피를 두 봉 녹이고 얼음 댓 개를 집어넣었다. 그런 다음 컴퓨터를 켜고 '이혼 후 자녀 찾는 법'을 검색했다. 엔터를 누르자마자 쏟아진 문서들 사이로 '양육비'라는 단어가 눈에 띄었다. 온몸에 열이 뻗쳐, 그는 얼음을 씹어 삼켰다. 그는 전처에게 단 한 푼도 양육비를 준 적이 없었던 것이다.

'하지만 그땐 연락하는 게 쉽지 않았어. 지금처럼 휴대

폰이 있는 것도 아니었고.'

주먹을 쥐고 그는 책상을 탕탕 때렸다.

"제기랄, 난 빌어먹을 알코올중독자였다고!"

마흔 살이 될 때까지, 남훈 씨의 수중엔 모아둔 돈이 전혀 없었다. 매달 받은 월급 중 얼마를 하숙비로 떼고 그는 회사 동료와 술을 마시거나 혼자서 술을 마셨다. 그러고 나면 통장엔 한 푼도 남지 않았다. 아니, 남는 게 뭔가? 집 앞 가게들엔 숫제 외상을 달고 살았다. 그가 그렇게 지내는 사이 연로한 어머니는 동생들이 돌보았다.

마우스를 쥔 남훈 씨의 손이 '양육비 산정기준표'라는 제목의 문서로 슬그머니 다가갔다. 그것은 서울가정법원에서 작성한 것으로, 이혼한 부모의 급여 합계와 자녀 나이에 따른 평균 양육비를 계산해놓고 있었다. 남훈 씨는 눈살을 찌푸리면서 세부 사항을 읽어보았다.

"기본 원칙. 자녀에게 이혼 전과 동일한 수준의 양육 환경을 유지하여주는 것이 바람직함. 부모는 현재 소득이 없더라도…… 책임을 분담함."

남훈 씨는 얼음을 또 하나 씹어 삼켰다. 문서에는 이혼을 한 뒤 아이를 키우지 않는 사람이 전체 양육비의 6할을 내게끔 되어 있었다.

"가만있어. 그 당시 내가 받은 봉급이 얼마더라?"

남훈 씨는 1987년 즈음 자신이 받은 급여를 지금 가치로 환산해보았다. 워낙에 직장을 자주 옮겨 금액이 오락가락 했으나 얼추 250만 원쯤 될 것 같았다. 그의 전처로 말하자면 그가 실직한 때 공장에서 재봉틀을 돌려 봉급을 타 왔는데, 그 역시 지금 가치로 150만 원쯤 될 것이었다.

"그러니까 두 사람이 한 달에 400을 벌면 아이 하나 키우는 데 드는 돈이……."

남훈 씨는 '양육비 산정기준표'의 수익 항목을 손가락으로 더듬었다.

"원 세상에, 110만 원? 아니 여섯 살짜리가 먹어봐야 얼마나 먹는다고!"

재깍 서랍을 열어 남훈 씨는 계산기를 켰다.

"가만, 그럼 대체 내가 얼마를 줘야 했다는 거야?"

남훈 씨는 부지런히 손가락을 움직였다.

"히익? 1년에 팔백!"

마지막 얼음 하나가 남훈 씨의 입에서 함부로 부서졌다. 평균 양육비는 자녀의 나이가 증가할수록 높아져, 열두 살이 되면 월에 80만 원씩, 열다섯이 되면 월에 90만 원씩을 그는 전처에게 줬어야 했다.

남훈 씨의 머릿속에서 선아가 초등학교 다니던 때의 기억이 떠올랐다. 그 시기 아이는 얼마나 많은 예체능 학원에 다녔던가. 5학년이 된 뒤로는 제 엄마가 욕심을 내서 영어니 수학이니 과외도 시켜주었다. 중학생이 된 후 선아에게 들인 돈을 헤아리면 '평균 양육비'라는 게 영 틀린 계산은 아닐 터였다.

"그래도 그렇지!"

남훈 씨는 억울한 마음에 속이 상했다.

"그건 그 여자가 치러야 할 대가 아닌가? 마음에 맞지 않는 직장 좀 관두었다고, 속상해 술을 좀 마셨다고 남편을 버려? 배운 것 없는 시골 여자가 고등학교까지 나온 나를 버려?"

보이지 않는 전처를 향해 남훈 씨는 삿대질을 했다.

"날 버렸을 때, 넌 혼자 모든 걸 감당키로 작정을 했던 게 아니냔 말야!"

그러나 어쩐 일일까? 남훈 씨의 어깨는 축 늘어졌다. 그는 보연이 어려운 환경에서 크는 게 당연하다고 여겨온 것이다. 양육비를 주지 않은 건 순전히 그 마음 때문이었다. 휴대폰이 없었다거나 알코올중독이었다는 건 모두 다 핑계였다. 의지만 있었다면, 선아를 키우면서도 얼마든지 딴

주머니를 찰 수 있었다. 당시에는 현금으로 일당 받는 일이 흔했고, 아내는 그가 무슨 일을 해 얼마나 버는지 캐묻는 법이 없었다. 그러니까 당시에 남훈 씨는 바랐다. 전처가 돈을 벌어 집세를 간신히 내고, 아이와 굶주리면서 고생하기를. 한창 크는 아이의 사계절 옷이며 신발 같은 걸 사주지 못하는 아픔을 느끼면서 자신의 소중함을 철저히 깨닫기를.

"요즘 세상에, 돈 말고 무엇으로 결핍을 보상하겠어요? 그러니까 최소한 3천 정도는……." 하고 늙다리 청년이 말하기까지, 남훈 씨는 보연의 성장 과정이나 양육비를 걱정한 적이 전혀 없었다.

'가만, 그걸 다 합치면 얼마가 된다는 거야?'

문득 궁금해져, 남훈 씨는 또 계산기를 두드렸다. 양육비는 아이가 열여덟이 될 때까지 지불해야 하는 모양이었다. 요즘 세상에 열아홉에 취직하는 애들이 얼마나 되랴마는 그냥 '그랬다 치고' 남훈 씨는 계산했다.

"뭐야…… 뭐야 이게!"

그는 검지 끝으로 계산기의 콤마를 천천히 헤아렸다.

"일, 일억천?"

계산기를 들었다 놓았다 하며 남훈 씨는 이마를 벅벅 긁었다. 이쯤 되면 3천만 원이 문제가 아니었다. 다 늦게 아비랍시고 접근했다가 표독스러운 전처에게 밀린 양육비라도 뜯기게 되면 문제도 보통 문제가 아니었다. 물론 남훈 씨에게 그 정도 돈이 없진 않았다. 하지만 그 돈은 엄연히 아내와 함께 번 것이고, 노후를 위해 아껴둔 거였다. 물론 그들에게는 아파트가 있었다. 승용차도, 굴착기도 있었다. 하지만 남훈 씨는 그중 무엇도 팔아 없애고 싶지 않았다. 더구나 아파트를 판다니, 있을 수 없는 일이었다. 부동산 열풍을 타고 한창 올랐는데, 저당이라도 잡힌다면 곤란하지. 게다가 아내에게는 뭐라고 둘러댄단 말인가?

남훈 씨는 다리를 덜덜 떨었다. 어제까지만 해도 그는 노후 대비를 마친 은퇴자였는데 순식간에 일억천이나 빚을 진 처지가 되고 말았다.

"가만, 이게 왜 이래?"

남훈 씨는 손바닥으로 무릎을 쳤다. 그리고 또 다리를 달달 떨었다.

"어? 이거 괜찮잖아?"

벌떡 일어나, 남훈 씨는 안방으로 갔다. 옷장 구석에 박아둔 가방을 들고 그는 급히 집을 나섰다. 가방 속에는 플라멩코 슈트와 갈아입을 내의 등이 깔끔히 접혀 있었다. 삥

뚫린 한낮의 도로를 달려 강습소로 가는 동안 남훈 씨는 보연이 대학에 진학했을지 몹시 궁금해졌다. 만약 그 애가 대학에 진학했다면 일억천에다 최소 4천만 원은 더 얹어 뜯길지도 모를 일이었다.

"일억오천이라니! 이렇게 갑자기?" 남훈 씨는 콧김을 씩씩 뿜었다. "안 되지. 절대로 안 돼!"

플라멩코 강사의 곱슬머리는 몇 달 새 더욱 자라 있었다. 그는 강습실에서 학생들을 지도하다가 쿵쾅대며 들어온 남훈 씨를 보고 휘파람을 불었다.

"살이 좀 빠지셨군요?" 플라멩코 강사가 말했다. "무릎은 이제 괜찮은가요?"

"무리하지만 말라고 의사가 그럽디다." 남훈 씨가 말했다. "춤을 추다 아프면 딱 고만두라는데, 어디 되겠어요?"

무슨 말인지 충분히 안다는 듯 플라멩코 강사가 고개를 끄덕였다. 코로나19 이중 변이가 기승을 부려서인지 열셋이던 회원이 셋으로 줄어 있었다. 그들은 모두 마스크를 쓰고 있었다. 치마를 두르고 카스타뉴엘라(castañuela: 캐스터네츠)를 딱딱대는 여자들 뒤에서 남훈 씨는 천천히 스트레칭을 했다. 무릎 상태에 주의를 기울이면서 그는 오랜만에 발재간을 부려보았다. 구두 뒤축이 바닥에 닿는 명료한 소리가 그의 머릿속에서 산만하게 흩어진 잡념을 모조리 털어주었다.

카마론 데 라 이슬라의 「Soy Gitano(나는 집시)」에 맞춰 남훈 씨는 어깨의 힘을 뺐다. 허리를 곧추세우고, 두 발을 가볍게 움직였다. 플라멩코 가수의 거칠고 짙은 음색이 그의 지나온 삶을 대변해주는 것 같았다. 그래서일까? 남훈 씨의 춤은, 세 여성이 수업을 마치고 사라진 뒤에도 해 질 녘까지 이어졌다.

"이제 그만하시죠. 무릎에 또 물이 차겠네요."

플라멩코 강사가 우아하게 한마디 했다. 남훈 씨는 동작을 멈춤과 동시에 바닥으로 쓰러졌다.

"어쩜 그렇게 창조적인 춤을 추세요? 어느 순간부터는 플라멩코도 뭣도 아니고 그냥 한풀이 같던데."

특유의 냉정한 투로 플라멩코 강사가 말했다. 그는 팔짱을 낀 채 허리를 숙여, 개처럼 헐떡이는 남훈 씨를 보고 있었다.

또다시 양육비니 뭐니 하는 것이 머릿속에 떠올라 그는 억지로 일어섰다. 기다시피 걸어가 강습실 구석에 둔 가방을 열고 수건을 끄집어냈다.

"그래, 스페인은 어떻습니까? 어느 동네가 제일 멋져요?" 비 오듯 쏟아지는 땀을 닦으며 남훈 씨는 물어보았다. "이, 망할, 코로나만 끝나면 마누라랑 여행을 가려는데, 어디로 가면 좋겠소?"

플라멩코 강사는 무표정하게 어깨를 으쓱였다.

"모르겠네요. 나는 스페인에 가본 적이 한 번도 없거든요."

"뭐라고요?"

얼굴을 닦다 말고 남훈 씨는 강사를 돌아보았다.

"꼭 스페인에 가야만 스페인 춤을 배울 수 있는 건 아녜요. 물론 나도 처음엔 그렇게 생각했죠. 언젠간 꼭 스페인에 가겠다고. 하지만 어찌 됐든 난 거기 안 가고 플라멩코를 익혔어요. 그래서…… 지금은 이렇게 생각하죠. '아, 나는 남은 생애 동안 절대로 스페인엔 가지 않겠다.' 왜 그런 줄 알아요?"

"왜죠?"

"실제의 스페인보다, 제 마음속 스페인이 더 생생하니까요. 그 스페인이 저한테는 '진짜'예요."

찬물을 덮어쓴 기분으로 남훈 씨는 일어섰다. 후들대는 다리를 절뚝이며 샤워실로 들어가 그는 몸을 씻었다. 플라멩코 강사의 말을 천천히 곱씹으면서.

'그래, 나도 한때는 그 애를 데려다 키우려 했지. 하지만 선아가 태어나고는 그 생각이 옅어졌어. 아기를 낳은 기쁨에 어쩔 줄 모르는 아내에게 어떻게 그 말을 하겠느냐고. 그러다 어느 순간 그 애를 잊고 말았지. 까맣게 잊어버렸어. 새 가정을 지키고 싶었던 거야. 사춘기 아이를 끌어들여 그 가정을 망치기는 정말 싫었어.'

한 손으로 비누를 쥐고 남훈 씨는 헤싱헤싱한 머리통에 벅벅 문댔다.

'그래! 꼭 만나 봐야 그 애를 알게 되는 건 아냐. 사람이 얼굴 보고 얘기 좀 한다고 친해지나? 어쩌면 자서전을 완성하는 게 그 애를 진정 위하는 걸지도 몰라.'

상쾌한 마음으로 차를 몰아 남훈 씨는 집으로 갔다. 새벽 조 근무였던 아내가 일찌감치 돌아와 돼지고기를 볶고 있었다. 피곤했지만 그는 아내를 도와 상을 차렸다. 때마침 선아가 돌아와 모처럼 온 가족이 식사를 하노라니 남훈 씨는 먹지 않아도 배가 불렀다. 학생들과의 일을 미주알고주알 지껄이면서 선아는 원두커피를 맛 좋게 내려주었다. 아내와 딸의 수다에 귀를 기울이면서 남훈 씨는 커피를 들고 서재로 들어갔다.

선아가 태어난 뒤 일어난 여러 일들을 남훈 씨는 연표 형식으로 썼다. IMF 이후 건설 경기 부흥, 남훈 씨 자신의 굴착기 활용 능력 발전, 그로 인한 입소문과 꾸준한 저축 등. 모든 것이 승승장구의 연속이었다.

"젠장, 왜 이렇게 더워?"

면 셔츠를 들썩이다가 그는 거실로 가 에어컨 온도를 2도 낮췄다. 안방에 있던 선풍기도 가져다 서재 입구에 틀어 놓았다.

"여보, 뭘 하는지 모르겠지만 여기 나와 하면 안 돼요?"

아내가 추운지 어깨를 움츠렸다.

"안 돼."

남훈 씨가 말했다.

"아빠 요즘 수상해요." 선아가 제 방으로 가 홑이불을 들고 나왔다. "무슨 비밀 연애라도 하는 거예요?"

"쓰읍, 못 하는 말이 없어!"

딸아이를 흘겨보다가 남훈 씨는 책상 앞에 다시 앉았다.

보연아, 이 글을 읽으며 너는 어떤 생각을 할까. 화가 날까? 분통을 터뜨릴까? 그럴지도 모르지. 하지만 때로 인생은 불공평하고 그런 가운데 발전의 여지를…….

딱 거기까지 쓰고 남훈 씨는 쓰러졌다. 의자에서 방바닥
으로 떨어지는 동안 그는 자신의 몸이 불탄다고 느꼈다. 심
장이 엇박자로 덜컹거렸다. 열어둔 문틈으로 그 모습을 본
선아가 재빨리 뛰어왔다.

"아빠! 왜 그래!"

"선아야, 아빠 흔들지 마. 엄마가 119 신고할게!"

아내가 소리쳤다.

구급차 안에서 심장제세동기로 응급처치를 받고, 남훈
씨는 급한 대로 코로나19 진단검사를 받았다. 방역복을 입
고 땀을 뻘뻘 흘리는 병원 직원의 말에 따르면, 결과가 나
올 때까지는 병원 안으로 들어갈 수가 없다고 했다.

"그렇다고 가만히 기다려요? 이렇게 아픈데!"

선아가 소리쳤다.

"그럼 못써. 병원 방침이잖아."

아내가 대신 사과를 했다. 직원의 권고에 따라 아내와 선
아 역시 코로나19 검사를 받아야 했다.

병원 앞 컨테이너에 옮겨져 사경을 헤매던 남훈 씨는 가
까스로 눈을 뜨고 가족을 돌아보았다. 아내가 자신의 손을

잡고 팔이며 어깨를 주물렀다. 선아는 두 손으로 얼굴을 가린 채 계속해서 훌쩍거렸다.

'아가, 울지 마.'

할 수만 있다면 남훈 씨는 그렇게 말하고 싶었다. 하지만 입 속은 타들어가듯 뜨거웠고 심장은 덜컹댔다. 말은커녕 숨 쉬기도 어려운 지경이었다.

'그래도…… 지금 죽으면 혼자는 아니겠네.'

극심한 울렁증에 시달리며 남훈 씨는 생각했다. 하지만 그것으로 여한이 없는가 하면 그렇지는 않았다. 그는 책상 위에 펼쳐둔 자서전을 떠올렸다. 만일 자신이 지금 죽고 아내와 선아가 그것을 보면 어떻게 될까? 그는 아직 '후기'를 쓰지 못했다. 그것을 보연에게 남기기 위해 썼단 걸 아내가 알아줄까? 아아, 그 글을 보고 아내와 선아는 얼마나 놀랄까?

'제발, 이대로 죽지 않게 해주오!'

알 수 없는 대상을 향해 남훈 씨는 기도했다.

"일단 심장은 안정된 것 같습니다. 코로나 검사 결과만 나오면 되니까 힘들어도 참아주세요."

방역복 차림의 병원 직원이 컨테이너 밖에서 말했다.

'아아, 양성만 아니면! 그러면 내게 시간은 있다!'

고열 속에서 남훈 씨는 주먹을 쥐었다. 하지만 만일 확진 판정을 받으면 어떻게 되는 거지? 그는 며칠 전 늙다리 청년을 만난 게 맘에 걸렸다. 홍삼 진액을 먹을 때 두 사람은 마스크를 벗지 않았나? 게다가 그 녀석은 제 아버지의 장례를 치렀다. 얼마나 많은 조문객을 맞았을 것인가!

남훈 씨의 심장이 또다시 덜컹댔다. 그는 자신의 간이 신경 쓰였다. 기저 질환자가 코로나에 걸리면 위험하다던데! 게다가 자신은 65세 이상이다. 무엇보다도 26년 전, 그는 간경화를 앓았다. 간이 약한 것은 가족력이다. 아버지도 간경화로 이른 나이에 별세를 하셨다.

'만약 이대로 죽으면?'

두려움에 떨며 남훈 씨는 선아의 얼굴을 눈으로 더듬었다. 그 앳된 얼굴 속에서, 놀랍게도 보연이 울고 있었다. '아! 지금 그 애는 어디 있을까? 아비가 죽어가는데.' 남훈 씨는 생각했다. '그 애는 어디선가 제 아비에게 닥친 위험을 알아챘을까? 아니, 어쩌면 그 애도 코로나에 걸려 투병을 하는지 모른다.' 남훈 씨의 머릿속에서 불길한 상상이 고개를 들었다. '그 애는 코로나에 걸려 이 세상을 떴을지도 몰라! 아, 코로나만 아니면, 그러면 반드시 그 애를 찾아볼 텐데!' 남훈 씨의 눈에서 눈물이 줄줄 흘렀다.

"음성입니다!"

방역복 차림의 누군가가 외쳤고 몇 사람이 컨테이너로 우르르 쏟아졌다. 모두가 힘을 합쳐 남훈 씨의 침대를 밖으로 밀어냈다.

"최근에 스트레스 받는 일 있으셨어요?"

의사가 물어보았다. 늦은 밤 젊은 의사는 무척이나 피곤해 보였다.

"그런 거, 없는 사람 어디 있을라고……."

남훈 씨는 중얼댔다.

심전도 그래프를 들여다보며 젊은 의사가 손으로 눈을 비볐다.

"커피는요?"

의사가 물었다.

남훈 씨는 질문의 뜻을 이해할 수 없었다.

"커피가 뭐요?"

"좋아하시냐고요. 자주 드세요?"

"자주 먹긴. 하루 한두 번 먹나? 그래 봐야 딱 두 봉씩이지 그 이상은 안 먹어요."

남훈 씨의 말을 듣고 의사가 가볍게 한숨을 쉬었다.

"부정맥입니다. 심각한 건 아니지만 며칠 쉬셔야 해요. 스트레스 조심하시고. 커피는 말이죠, 한 봉이 정량입니다."

그렇게 말한 뒤 의사는 차트에 뭔가를 적었다. 그러는 사이 남훈 씨는 자그만 병실을 둘러보았다. 새하얀 병실에는 창문이 전혀 없었다. '아직도 아침나절 꿈속인가?' 몽롱한 기분 속에서 남훈 씨는 생각했다. 어디선가 간호사가 나타나 시원한 소독솜으로 그의 팔을 문질렀다. 주삿바늘이 살갗을 푹 뚫고 들어왔다.

13. 만나 봐야 알 일

　남훈 씨는 사흘 동안 병실에서 지냈다. 코로나19 변이 바이러스가 기승을 부리는 탓에 가족 면회는 금지되었다. 그는 스마트폰으로 스페인어 강의를 듣거나 플라멩코를 찾아 보면서 자유를 실컷 누렸다. '절대안정. 아무것도 하지 말 것.' 그토록 호사스러운 지시가 그의 삶에 떨어진 적은 처음이었다. 그래서일까? 병원에서 지내는 동안 남훈 씨는 '청년일지'를 잊어버렸다. 스트레스를 조심하라는 의사의 지시를 그는 졸병처럼 따랐다.

　"심장은 괜찮네요."

　아침마다 혈압과 심전도를 측정한 뒤에 의사가 말했다. 남훈 씨의 마음은 빠르게 안정됐고 헤어진 딸을 찾겠단 각오는 그에 반비례해 흐트러졌다. 퇴원한 뒤에도 그런 태도는 바뀌지 않아 '오늘은 쉬고 몸을 추스르자. 딱 오늘까지만.' 하는 식으로 한 달여의 시간이 갔다. 그러는 동안 그는 플라멩코와 스페인어 강좌에 성실히 참여했다. 스페인어 수업은 제법 진도를 나가, 그는 이제 어지간한 회화 정도는 더듬거리며 말할 수 있게 되었다.

"오늘 수업 주제는 '요즘에 내가 하는 일'입니다. 각자 최근 관심사를 말하고 그에 관한 대화를 자유롭게 나눠봅시다."

강의실 마이크에 대고 카를로스가 말했다. 코로나19 때문에 그는 원격으로 수업을 진행하고 있었다. 남훈 씨는 그런 식으로 수업에 참여하고 싶지 않아 마스크를 쓰고 학원에 갔다. 원격 수업에 참여하려면 뭘 어떻게 해야 하는지 모른다는 것도 학원에 출석한 또 다른 이유였다. 인터넷 사용법을 익히는 데에만 일주일 넘게 걸렸는데 원격 강좌라니. 그걸 배우는 건 또 얼마나 번거로울까? 정신과 육체 중 하나를 번거롭게 해야 한다면 남훈 씨의 답은 정해져 있었다.

"Tengo planeado viajar a España.(나는 스페인 여행을 계획하고 있어.)"

자신의 차례가 되자 남훈 씨는 이야기했다. 그가 수업에 참여할 수 있게 카를로스는 탁자 옆으로 물러났다. 마이크를 쥐고 남훈 씨가 계속 말했다.

"Cuando termine la pandemia de COVID-19, viajaré

a España con mi esposa.(코로나19가 잡히면, 나는 아내와 함께 스페인으로 여행을 갈 거야.)"

강의실에 놓인 대형 모니터 속에서 학생 몇이 고개를 끄덕였다.

"Pero todavía no he decidido qué ciudades visitar.(하지만 어느 도시로 가야 할지 잘 모르겠어.) ¡Recomiéndame las ciudades más bonitas de España!(스페인의 가장 아름다운 도시들을 추천해줘!)"

이미 스페인에 가본 적 있는 학생 두엇이 몇 군데 지명을 언급했다. 남훈 씨는 그것을 한글로 받아 적고, 수업이 끝난 다음 카를로스에게 정확한 철자를 묻기로 했다. 그가 메모를 마쳤을 때, 카를로스는 최첨단 수업 장비를 하나씩 점검해 끄고 있었다. 집으로 돌아가 마주할 정적이 싫어, 남훈 씨는 그냥 있었다. 그는 누군가와 대화를 나누며 시간을 보내고 싶었다.

"저, 선생님. 선생님은 스페인에 가보셨겠죠?"

"Sí, he estado en España antes.(네, 스페인에 가봤어요.)"

카를로스가 말했다. 말하는 안색이 나빠 보여 남훈 씨는 조금 놀랐다. 긴 수업으로 지친 걸까? 노인 특유의 오지랖으로 남훈 씨는 또다시 말을 붙였다.

"이봐요, 선생님. 뭐 안 좋은 일이라도 있습니까?"

"No, no gracias.(아뇨, 괜찮습니다.)"

카를로스가 말했다. 그리고 조금 웃었는데, 그것은 기뻐서라기보다 상대를 안심시키기 위해 그러는 것 같았다.

"아까 학생들이 여기저기 얘길 하던데, 끌리는 데가 있나요?"

카를로스가 물었다.

"글쎄요. 그렇게 듣기만 해서는. 이제 집에 가 여러 가지로 알아봐야죠."

남훈 씨가 말했다. 한참 정적이 흘렀다.

"저, 선생님. 스페인 어디로 여행을 가셨어요? 좋은 데가 있으면 저한테도 알려주시죠."

장비들을 완전히 끄고 카를로스는 남훈 씨를 바라보았다.

"제가 간 곳은 별 볼 일 없는 동네예요. 아주 작은 곳이죠. 여행하기는 힘든 곳입니다."

"용케도 그런 데를 찾아내셨군요? 그래, 거기가 어딥니까? 관광객 없이 호젓한 데가?"

남훈 씨는 구미가 바짝 당겼다. 카를로스는 묘하게 입술을 오므리면서 어깨를 으쓱였다.

"예쁜 마을이지만, 여행을 권할 만한 곳은 아녜요. 저는 아버지를 보러 갔었습니다. 거기 사시거든요."

"아." 남훈 씨는 당황했다. 그리고 그 감정을 얼버무리려 벌쭉 웃었다. "그래, 아버지는 건강하신가요? 올해 연세가 어떻게 되시죠?"

"일흔다섯이십니다. 건강하세요."

카를로스가 말했다. 남훈 씨는 스페인어 강사가 아버지와 멀리 떨어져 산다는 사실에 마음이 흔들렸다. 그렇다면 그 청년은 아버지에 대한 그리움을 절절히 느끼고 있지 않을까? 게다가 그는 절반쯤 서구 사람이다. 남훈 씨는 카를로스가 자신의 과거에 대해 조금은 관대한 눈으로 봐주리라는 기대를 했다.

"저, 선생님."

"네."

"선생님이 아버지하고 헤어져 지낸다니까 드리는 말씀입니다만……."

혀로 입을 축이고, 남훈 씨는 상대의 눈치를 봤다.

"말씀하세요."

"제가 아는 사람 중에 자기 딸이랑 오래전 헤어진 사람이 있거든요. 이혼을 한 뒤 돌보지 못한 게 30년쯤 된다는

데, 그 딸을 죽기 전에 꼭 한 번 보고 싶다고 그럽니다."

"그래요?"

오래 서 있어 피곤했는지 카를로스가 책상에 걸터앉았다. 남훈 씨도 그 곁에 자리를 잡고 앉았다. 그는 계속 말했다.

"그런데 오래전 헤어진 딸을 다시 만나는 게 꼭 좋을까요? 그러니까 저는 아주 걱정이 돼서 그 친구를 만류했거든요. 요즘 세상에, 네가 모아둔 돈도 없는데, 그러니까 제 친구가 말입니다, 그렇게 만났다가 돈이라도 뜯기면 어떡하겠니……."

"돈을 뜯긴다……. 그럴 수도 있겠네요."

카를로스가 고개를 끄덕였다.

"그렇죠? 만나지 않는 게 서로 좋겠죠?"

대답 없이, 카를로스가 남훈 씨를 마주 보았다. 녹색 눈동자가 빙하처럼 차가웠다.

"그렇게 하면, 그 아버지한테는 좋겠죠. 돈을 뜯기지 않아도 되니까. 하지만 그 딸은……. 그 사람의 생각은 아무도 모르는 겁니다. 그러니까 돈을 뜯고 싶은지 그렇지 않은지는 만나 봐야 아는 거죠. 어때요? 그 친구분은. 딸이 어떤 선택을 할지 궁금해하지 않던가요?"

돌연 낯이 뜨거워 남훈 씨는 고개 숙였다.

"그렇네요. 그것은…… 만나 봐야 알 일이군요."

두 사람은 말이 없었다. 남훈 씨는 초조히 시계를 봤다.

"아버지의 언어입니다, 스페인어는."

카를로스가 말했다. 그는 자리에서 일어나 강의실 끝 창가로 갔다. 미세먼지로 뿌연 창밖에 널따란 강이 흐르고 있었다.

"스페인에 가보기 전까지, 저는 아버지를 만나본 적이 없어요."

말문이 막혀, 남훈 씨는 그냥 있었다. 세상에는 자식을 돌보지 않는 망할 놈들이 왜 그렇게 많단 말인가!

"고등학생이 되기 전까지, 저는 한국어밖에 못 했습니다. 친구들은 제가 당연히 영어를 잘해야 한다는 식으로 놀려댔어요. 저는 미국이나 영국하고는 관계가 없는 사람인데 말이죠." 카를로스가 픽 웃었다. "뭐, 지나간 얘기입니다. 고등학생이 되어서야 저는 학교에서 제2외국어로 스페인어를 접했어요. 대학에서 그걸 전공했죠. 3학년이 되니까 원어민과 자유롭게 대화할 정도로 수준이 향상됐습니다. 그래서 스페인에 갔어요. 아버지를 만났죠."

"아버지가…… 뭐라던가요? 갑자기 찾아가니까 놀라진

않던가요?"

"미리 연락을 해두었죠. 전 아버지를 놀랠 생각은 없었습니다. 그냥 좀 만나고 싶었을 뿐."

카를로스가 말했다. 남훈 씨는 가만히 뒷말을 기다렸다.

"다행히…… 아버지가 도망가진 않았어요. 오지 말라고 하지도 않았고요. 아버지는 거기서 스페인 사람과 가정을 꾸렸는데, 나 말고도 자식이 네 명 더 있었습니다. 모두가 아들이었죠."

"그런데 왜…… 아버지는 스페인으로 가버렸답니까? 카를로스 선생을 두고."

남훈 씨가 물었다.

"아! 아버지는, 그러니까 아버지 말에 따르면, 제가 생겨난 줄 몰랐답니다. 그는 젊을 때 무역상이었는데, 한국에 와 일을 하다 스페인으로 돌아간 거죠. 바보같이, 어머닌 그분의 주소도 몰랐습니다. 아버지의 연락처를 찾기 위해 저는 정말 많은 고생을 했어요. 대사관에 드나들면서 수많은 냉대와 시행착오를 겪었지요. 아세요? 기록이란 건 정말이지 믿을 만한 게 못 된다는 걸."

"그래도 아버지를 만난 거죠?"

"그랬다니까요."

카를로스가 웃었다.

"뭐라 합디까?"

"뭐라고 안 했어요. 아버지는…… 그냥 나를 안아줬습니다."

돌아서 두 팔을 벌리고 카를로스는 제 아버지 흉내를 냈다.

"그러고는 이렇게 말했어요. 'Eres mi primogénito.(넌 나의 맏아들이야.)'"

남훈 씨는 군침을 꿀꺽 삼켰다.

"지금도 연락을 하고 삽니까?"

"네, 그럼요." 카를로스가 말했다. "하지만 그는 여전히 멀리 있어요. 그래도 전처럼 멀리 있지는 않죠."

카를로스가 남훈 씨 곁으로 슬며시 왔다.

"친구분에게 제 얘기를 하실 건가요?"

"아뇨, 그렇게…… 딴 사람 얘기를 함부로 할 순 없죠."

남훈 씨가 손을 저었다.

"Dígamelo.(이야기하세요.)" 카를로스가 말했다. "만나 보라고 하세요. 돈을 뜯길 수도 있지만…… 그러지 않을 수도 있으니까요."

용기를 내어, 남훈 씨는 궁금한 것을 묻기로 했다.

"선생님은 아버지를 만나서 행복해진 모양이군요?"

"아버지를 만나서, 아버지 때문에 행복해지진 않았어요." 카를로스가 말했다. "하지만 다른 사람들하고 행복해질 수 있었죠."

그제야 남훈 씨는 카를로스가 첫 수업 때 한 말을 이해했다. '새로운 언어가 새로운 관계를 만든다'라는 말을.

"친구분에게 조언해주세요. 딸과 만날 땐 당신이 스페인 사람인 것처럼 생각하라고."

카를로스가 밝게 웃었다.

"아니, 그게 무슨 말입니까?"

카를로스는 칠판 앞에서 분필을 집어 들었다.

"아시죠? 스페인어는 '주어-동사-목적어' 순으로 말합니다. '내가 그동안 이러저러한 사정이 있어 오늘에야 너를 찾았네. 미안하다.' 이게 아니라, '내가 미안하다. 오늘에야 너를 찾아서.' 그렇게 말해야 하는 거예요."

감탄사를 뱉어내면서 남훈 씨는 연거푸 고개를 끄덕였다. 학원 건물을 나온 뒤에야 후회의 감정이 고개를 들었다. "그럼요, 그 친구한테 잘 말하겠습니다." 그는 그렇게 말해야 했던 것이다.

'더는 미루지 말자. 오늘 당장 시작이야.'

카를로스의 말을 가슴에 새기며 남훈 씨는 집으로 갔다. 그는 보연을 만나 그 애를 안아주고 '넌 나의 첫째 딸이야'라고 말하는 장면을 상상했다. 그 속에서 낯선 얼굴의 보연이 눈물을 줄줄 흘렸다.

'만나서 안아주자. 그리고 여러 가지 얘기를 들어주는 거야. 원망을 한다면 까짓것 받아주자. 자서전 따위론 그 애의 응어리진 마음을 풀어줄 수 없어.'

주차장에 차를 대면서 남훈 씨는 다짐했다. 서재로 들어서자마자 그는 '청년일지'를 펼쳐보았다.

1995년 12월 15일. 보연이를 데려다 내 손으로 키우자. 내가 가지 못한 대학도 꼭 보내야지.

크고 분명한 필체로 그러한 내용이 적혀 있었다.

'다 늙은 노인네가, 젊은 놈의 다짐을 꺾어서는 안 될 거다.'

멍하니 앉아 남훈 씨는 26년 전 자신의 모습을 떠올렸다. 형편없이 마른 데다 피해의식으로 가득 찬 놈. 그런 주제에 새로운 삶을 꿈꾸던 그 불쌍한 놈의 소망을, 더 늦기 전에 남훈 씨는 이루어주기로 했다.

즉시 움직여, 그는 선아 방 컴퓨터 앞에 앉았다. 그리고 '이혼 후 자녀 찾는 법'이란 문구를 검색창에 써 넣었다. 행정사와 변호사들의 조언에 의하면, 그는 우선 보연의 주민등록번호를 알아야 했다.

바로 일어나 남훈 씨는 주민자치센터로 갔다. 그리고 자신의 가족관계증명서를 한 장 떼었다. 그와 아내의 이름 아래, 선아의 이름 위로 보연의 이름이 적혀 있었다. 서류가 그렇게 된 줄을 알면서도 남훈 씨는 괜히 심장이 철렁했다. 그런 문제로 인해, 그는 아내가 초본을 필요로 할 때마다 대신해 떼주었다. 귀찮은 일은 자기에게 맡기라며, 그는 아내 대신 초본을 떼어 필요한 기관에 제출했다.

다시 창구에 줄을 서, 남훈 씨는 신분증을 보여주고 보연과 자신이 혈연관계임을 증명했다. 가족관계증명서에 적힌 보연의 주민번호를 이용해 그는 그 애의 주민등록초본을 발급받았다. 주민자치센터 앞 벤치에 앉아, 남훈 씨는 그것을 들여다봤다. 서류가 세 장이나 되었다.

"많이도 옮겨 다녔군."

남훈 씨는 줄줄이 찍힌 보연의 주소를 살펴보았다. 처음엔 그의 자녀로, 다음엔 전처의 자녀로, 때로는 전처가 새롭게 만난 사내의 동거인으로 보연은 살아온 듯했다.

'박복한 것!'

남훈 씨의 가슴이 조여들었다. 보연은 스무 살 무렵 독립해 제 힘으로 생활을 시작한 모양인데, 한곳에 진득하니 있지 못하고 여기저기 옮겨 다닌 듯했다. 마지막 주소지는 1호선 지하철역 근처로, 아마 빌라나 연립주택에 세를 든 것 같았다.

초본을 접어 뒷주머니에 넣고, 그는 터덜터덜 걸어서 집으로 갔다. 일이 이렇게 된 이상 보연을 만나기는 해야 할텐데, 아내에게 뭐라고 할지 머릿속이 복잡했다. 아내는 그가 한 번 이혼한 것을 알고 있지만 전처소생이 있다는 건 꿈에도 몰랐다. 그런 아내에게 어느 날 갑자기 마흔 살 된 딸이 있다고 하면 뭐라고 할까? 또 선아는……? 남훈 씨의 걸음이 문득 멎었다.

'굳이 말 안 해도 될 거야. 설마 그 애가 아내를 만나겠다고 덤벼들기야 할까?'

남훈 씨는 스스로에게 질문을 던졌다.

'그야 모르지.'

퉁명스럽게, 그는 스스로에게 답했다.

'행여 불행한 팔자를 원망해 돈을 노리고 덤벼든다면……?'

생각이 거기에 닿자 남훈 씨는 고개를 마구 저었다.

'또다시 도망칠 생각이다. 너는!'

성난 손길로, 그는 아파트 현관의 도어록 버튼을 꾹꾹 눌렀다.

'모든 일은 상황에 따라 대처하자. 일어나지도 않은 일을 걱정할 필요는 없어. 지금은 '청년일지' 그리고 보연이만 생각하는 거다.'

서늘한 건물 안으로 남훈 씨는 발을 디뎠다. 어두컴컴한 복도 너머, 승강기가 때마침 입을 벌렸다. 행여나 문이 닫힐까 봐 남훈 씨는 뛰기 시작했다.

14. 플라멩코, 내려올 수 없는 자전거

가만있어도 땀이 흐르는 8월의 한낮. 남훈 씨는 에어컨을 강풍으로 켜고 보연의 동네로 차를 몰았다. 하지만 정확한 주소지까지는 찾아갈 용기가 없어, 그는 동네 어귀를 돌다가 왔다. 다음 날은 차를 몰고 집 앞까지 가보았는데, 보연이 사는 곳은 최근에 완공된 다세대주택이었다. 그는 좀도둑처럼 우편함을 뒤져 딸의 이름을 확인하고 주차장에 차를 세웠다. 거기서 보연이 귀가할 때까지 무작정 기다릴 작정이었다. 하지만 차를 세워둔 지 10분도 채 안 돼 웬 젊은 녀석이 건물에서 튀어나왔다. 몸에 붙는 러닝셔츠에 슬리퍼를 끌고, 녀석은 한 치의 망설임도 없이 남훈 씨 차창을 딱딱딱 쳤다.

"할배요, 여기 살아요?"

남훈 씨는 얼결에 고개를 흔들었다.

"근데 왜 여기 있어요?"

"기다려요. 여기 사는 사람."

"그 사람이 언제 오는데요?"

"모르지, 그건."

턱을 쳐들며 젊은 놈이 코웃음 쳤다.

"기다린다는 사람이 몇 호에 살죠?"

"아니, 왜 내가 그런 것까지 자네에게 말해야 하나?"

상황이 그쯤 되자 남훈 씨도 화가 났다. 하지만 젊은 놈은 고개를 저으며 냉소를 퍼부었다. 그만하면 속셈을 알 만하다는 투였다.

"당신, 여기 입주민 기다리는 거 아니지?"

"당신이라니! 이봐, 내가 몇 살인 줄 알아?"

"몇 살인데? 팔십이건 구십이건 남의 주차장에 차를 대면 안 되지. 하여간 이렇게 경우 없는 사람들 땜에 동네 집값이 엉망이라니까."

기가 막혀, 남훈 씨는 혀를 찼다. 닫힘 버튼을 눌러 창을 올리고 그는 주차장을 빠져나왔다.

다음 날 아침, 그는 대중교통을 타고 보연의 집에 가기로 마음먹었다. 하지만 말복 더위에 에어컨 없이 서 있을 생각을 하니 움직일 엄두가 나지 않았다. 그런 행동은 심장에도 해로울 게 틀림없었다.

마침 플라멩코 수업이 있는 날이라 남훈 씨는 차를 몰고 강습소로 갔다. 코로나19가 기승을 부려서인지 회원은 한

명 더 줄어 두 명이었다.

"오늘은 '부엘타(vuelta)'를 배울 거예요. 턴 동작이죠."

플라멩코 강사가 말했다. 그는 똑바로 서서 허리춤에 손을 얹고 오른발을 쭉 내밀었다.

"자, 모두 이런 자세를 만드세요. 그다음 무릎을 밀어냅니다. 네, 그렇게 상체를 기울이는 거죠. 이제 오른발을 펴 왼발 뒤에 대세요. 다리를 X자 모양으로 교차시키는 거죠. ¡Bien!(좋아요!) 이제 한 바퀴 휙 돕니다. 그럼 이렇게 오른 발이 처음과 같이 앞에 오죠. 참 쉽죠? 자, 한번 해봅시다."

남훈 씨는 마술이라도 본 것마냥 기분이 얼떨떨했다. 방금 무슨 일이 일어나긴 했는데……. 남훈 씨는 그 동작을 한 번 더 보고 싶었다. 하지만 강사는 다른 회원들의 자세를 다듬어주느라 여념이 없어 보였다. 저 사람들은 어떻게 자세를 단번에 이해한 거지? 남훈 씨는 벙한 낯으로 두 눈을 깜빡거렸다.

"남훈 님, 왜 그렇게 가만 계세요?"

강사가 물어보았다.

"그게…… 어떻게 해야 할지 모르겠네요."

남훈 씨가 말했다.

"자, 이렇게 해보세요."

플라멩코 강사가 자세를 다시 잡았다. 그 모양을 머릿속에 새기고 남훈 씨는 오른발을 쭉 내밀었다.

"그렇죠. 그 상태에서 상체를 기울이세요."

남훈 씨는 그렇게 했다. 허벅지에 힘이 들어갔지만 그럭 저럭 버틸 만했다. 플라멩코 강사가 그 모양을 가만 보더니 손가락으로 그의 다리를 꾹꾹 눌렀다.

"이야, 제법 바일라도르(bailador: 남성 무용수) 태가 나는데요?"

자세를 유지한 채 남훈 씨는 강사를 흘끔 보았다. 얼굴이 화끈거렸다.

"운동을 열심히 하니까 여기가 아주 단단해졌어요. 배둘레도 많이 줄었고. 이제는 춤을 춰도 무릎이 안 아플 겁니다. 그렇죠?"

"어? 그러고 보니……."

자세를 풀고 일어서 남훈 씨는 다리를 털어보았다. 통증이 전혀 없었다.

"이제 내려올 수 없는 자전거에 올라탄 겁니다." 플라멩코 강사가 씩 웃었다. "플라멩코를 그만두면, 또다시 아플 거예요."

'내려올 수 없는 자전거?'

남훈 씨는 멍하니 두 눈을 깜빡였다. 그는 건강한 노년을 위해 플라멩코를 시작했지만, 언제까지 춰야겠다는 생각은 한 적 없었다. 그런데 어쩌면 죽는 날까지 플라멩코를 춰야 할 수도 있는 것이다. 백 세 생일을 맞아 친지들 앞에서 느릿느릿 플라멩코 추는 장면을 남훈 씨는 상상해봤다. 우스꽝스럽지만 기분이 퍽 좋았다. 플라멩코 강사는 남훈 씨에게 '부엘타'를 몇 번 더 알려주고 제자리로 갔다.

　"자, 이제는 팔 동작을 합쳐서 해보지요. 턴보다 중요한 건 제자리로 돌아오기입니다. 아시겠죠? 돌아서, 제자리. 그럼 다시 오른발 내미시고요, 상체를 비틀어 두 팔을 동그랗게 만드세요. 항아리를 안은 것처럼. 네, 그렇죠. 잘하고 계십니다. 이제 오른발이 왼발 뒤로 갈 때 두 팔도 같이 움직여 돌아갑니다. 항아리를 떨어뜨리지 않게 주의하세요. 그대로 한 바퀴 돌아 다시 제자리! 자 이제 연결 동작으로 해보죠."

　플라멩코 강사가 손뼉을 치며 박자를 만들어냈다.

　"잘하셨어요. 다음 시간엔 파트너와 함께 연습을 하겠습니다."

　'파트너?'

　남훈 씨는 어안이 벙벙했다. 그는 첫 수업 때 본 남성 독

무를 목표로 삼아왔기에 파트너와 춤을 춘다는 것이 상상
도 되지 않았다.

'내가…… 다른 사람과 춤을 춘다고?'

"마침 여성분이 두 분이니까 남훈 님과 제가 번갈아가며
파트너 역할을 하면 되겠네요."

단호하게, 플라멩코 강사가 고개를 끄덕였다.

'파트너와 춤을?'

남훈 씨는 수업에 참여한 두 여자의 모습을 가만히 떠올
렸다. 그들은 언제나 근사한 플라멩코 스커트를 두르고 있
었다. 하지만 마스크를 쓰고 있어서 얼굴을 본 적은 전혀
없었다. 남훈 씨는 그들의 눈가를 곰곰이 떠올리고 대략 마
흔쯤 됐겠다고 결론을 냈다.

'머리 벗겨진 영감과 파트너를 해야 한다니, 그 여자들
이 싫어할 거야.'

남훈 씨는 다음 수업 때 두 여자 모두 결석할까 봐 몹시
도 겁이 났다. 그러면 대체 얼마나 창피할까! 그 문제에 골
몰하느라 그는 강습소 건물을 걸어서 빠져나왔다. 지하 주
차장에 세워둔 차에 대해서는 까맣게 잊고, 그는 이끌리듯
지하철역으로 갔다. 무의식중 교통카드를 찍고 개찰구에

들어선 뒤에야 운전을 해서 강습소로 왔다는 걸 떠올렸다.

1호선과 4호선의 환승역에서 하필 1호선 개찰구로 들어온 것이 남훈 씨에게는 운명의 계시 같았다. 그래서 그는 전철을 탔고 50분이나 달려 보연의 동네로 갔다. 지하철 역사 시계가 5시 30분을 가리키고 있었다. 무지막지한 더위는 한풀 꺾였지만 오르막길을 걷자니 욕지기가 절로 솟았다.

보연의 집 맞은편 건물에 기대, 남훈 씨는 한숨 돌렸다. 생각 같아선 보연이 사는 건물 그늘에 서 있고 싶었지만, 그러면 그 몰상식한 놈이 또 나와 시비를 걸 것 같았다.

'한심한 놈 같으니. 직장도 안 다니나?'

남훈 씨는 그 건달 놈의 희멀건 낯짝을 떠올렸다. 어쩌면 놈은 이 알량한 건물의 주인일지도 몰랐다. 요즘 젊은 놈들은 하나같이 유산을 받아가지고 살아가는 모양이니까. 남훈 씨는 건물 응달에 쪼그려 앉았다가 일어났다가, 짧은 골목을 거닐었다가 하며 보연을 기다렸다. 그러나 한 시간이 지나고 두 시간이 지나도 보연의 모습은 보이지 않았다. 남훈 씨의 배에서 꼬르륵 소리가 났다. 그는 잠시 편의점에서 빵을 사올까 생각했다. 지독하게 갈증이 나기도 했다. 하지만 그새 보연이 집으로 돌아온다면 여간 낭패가 아닐 터였다. 잔뜩 배를 주리며 남훈 씨는 보연을 기다렸다. 여름의 긴 석양이 저물기 시작했다.

얼마나 지났을까? 남훈 씨는 졸다가 균형을 잃고 두 눈을 퍼뜩 떴다. 온몸이 바닥으로 넘어지려는 찰나, 그는 허벅지에 힘을 주고 중심을 되잡았다. 그러지 않았다면 그 잘난 매부리코를 시멘트 바닥에 짓찧었겠지.

'플라멩코를 잘 배워뒀군!'

그는 주먹으로 허벅지를 팡팡 때렸다. 실로 오랜만에 근육의 탄력이 느껴져 자신감이 솟았다. 싱겁게 웃고, 남훈 씨는 휴대폰을 꺼내 시간을 확인했다. 어느덧 9시. 무음 모드로 맞춰둔 휴대폰에는 아내와 선아에게서 온 부재중전화가 여러 통 찍혀 있었다.

'여보, 어디예요? 당신 좋아하는 초계탕 해놨어요. 와 드세요.'

아내의 문자를 읽고, 남훈 씨는 돌연 자신의 집을 떠올렸다. 넓고 시원하고 깨끗한 집을. 그러자 잠잠하던 허기가 깨어나 또 그를 괴롭혔다.

'이대로 가버릴까? 그래, 가자!'

살얼음 띄운 육수에 곱게 담긴 닭고기를 그리며 남훈 씨는 일어섰다.

'내일 다시 오는 거야. 아니, 내일은 스페인어 수업이 있지. 그럼 모레. 아, 잠깐. 모레는 주말인데 보연이가 하루 종일 집에 있을까?'

남훈 씨가 고민을 거듭하는 사이, 멀리서 한 여성이 골목을 올라왔다. 가로등 불빛 아래 어렴풋하긴 해도 익숙한 인상이었다. 뛰는 가슴을 손으로 누르고, 남훈 씨는 재빨리 골목으로 튀어나갔다.

"혹시 보연이니?"

"아닌데요!"

놀란 여성이 화들짝 물러났다.

"아, 그래요. 죄송합니다."

풀이 죽어, 남훈 씨는 다시 건물 아래 숨어들었다.

'이러다간 진짜 보연이 나타나도 알아보질 못하겠다. 도대체 아비란 놈이 제 딸의 얼굴도 모르고……!'

남훈 씨는 울적해졌다. 그는 골목을 올라오는 여성을 딱 셋만 더 기다렸다가 돌아가기로 마음먹었다.

얼마 후, 한 여성이 골목을 올라왔다. 한 차례 시행착오를 통해, 남훈 씨는 상대가 보연 집 건물을 지나치는지 그렇지 않은지 지켜보기로 했다. 처음 두 여성은 건물을 지나쳤다. 세 번째 여성도 지나쳤다. 그래도 남훈 씨는 발길이 떨어지지 않았다. 일곱 번째 여성이 골목을 올라왔다. 느릿느릿 그러나 바른 자세로 걸어와, 여성은 보연이 사는 건물 앞에 딱 멈춰 섰다. 남훈 씨의 심장이 터질 듯 날뛰었다. 센서 등 아래 손을 올리고 여성이 보안 키 버튼을 누르자마자 그는 후다닥 뛰쳐나갔다.

"호 혹시, 보연이세요?"

당황한 나머지 그는 자기도 모르게 존대를 했다.

"누구야!"

돌아선 여성이 소리쳤다. 놀란 고양이처럼 여자는 어깨를 세우고 있었다.

"너, 보연이, 허보연이 맞지? 난…… 나는 네 아버지예요."

두 손을 번쩍 들고 남훈 씨는 더듬었다.

여자는 말이 없었다. 비명보다 뾰족한 침묵이 남훈 씨의 허기진 몸을 아프게 할퀴었다.

15. 미안하다, 오늘에야 너를 찾아서

"이렇게 갑자기 찾아오시면 어떡해요?"

앙칼진 말투로 보연이 쏘아붙였다.

"그게…… 그렇게 갑자기는 아니다. 나로서는 오랫동안 많은 생각을 했고……."

남훈 씨의 몸에서 진땀이 흘렀다.

"그래서요? 그쪽에서 오랫동안 생각했으면 제가 다 받아줘야 하나요? 아니, 대체 이 집은 어떻게 알았어요? 한창 필요할 땐 연락 한번 않더니. 뭐야, 신장이식이라도 해야 해요?"

"그게 아니다!"

남훈 씨는 황급히 머리를 흔들었다.

"아니면, 뭐예요!"

"아니, 나는……."

입을 꾹 닫고 남훈 씨는 두 눈을 껌뻑거렸다. 보연은 그런 그를 째려보다가 건물 안으로 쏙 들어갔다.

'그렇다고 그렇게…… 가버리기냐.'

걷어차인 돌멩이처럼 남훈 씨는 서 있었다. 아버지로서 그는 놀라고 다친 보연의 마음을 헤아려야 한다는 걸 알았지만, 자신의 상처에 더 깊이 마음 쓰였다.

'괜히 왔어. 만나지 않은 것만 못했다.'

어깨를 늘어뜨린 채 남훈 씨는 내리막길을 걸었다. 배고픔과 피로가 두 마리 들개처럼 그를 덮쳤다. 그는 전철역에 들어가 교통카드를 꺼내 찍고서 우두커니 서 있었다.

'내가 미안하다. 오늘에야 너를 찾아서.'

덜컥 열린 개찰구를 노려보다 남훈 씨는 돌아섰다.

"카를로스가 그랬지, '주어-동사-목적어' 순서로 말하라고. 하지만 그러지 못했다. 되는대로 중언부언하고 말았어."

무엇을 어째야 할지 모르면서 남훈 씨는 온 길을 되짚어 갔다. 머릿속은 여전히 안개 속인데 심장이 방방 뛰었다.

거친 숨을 고르며 남훈 씨는 보연의 우편함에 손을 넣었다. 그것은 보안번호를 알지 못하는 집배원들을 위해 건물 밖에 놓여 있었다. 한전에서 보낸 요금고지서가 남훈 씨의 손가락에 집혀 나왔다. 그는 손으로 가슴께를 더듬었다. 그럼 그렇지. 볼펜 하나가 주머니에 걸려 있었다. 작업 현장에서 메모가 필요할 때를 대비해 그는 늘 볼펜을 소지했다.

자꾸만 꺼지는 센서 등 아래서 남훈 씨는 봉투 뒷면에 글줄을 썼다.

'미안하다. 오늘에야 너를 찾아서. 그러나 나는 신장이식 같은 거 필요하지 않아.' 그런 다음 남훈 씨는 휴대폰 번호를 적어 넣었다. '만나고 싶다. 더 늦기 전에 이야기를 나누고 싶어.'

적막한 막차에 앉아 졸면서 남훈 씨는 집으로 돌아갔다. 거실 벽의 시곗바늘이 새벽 1시를 향해 치닫고 있었다. 샤워를 하고, 우유를 데워 마시고, 침대에 누워 막 잠이 들려는데 그놈 참 괘씸하단 생각이 불쑥 들었다.

'그래, 내가 잘못한 게 맞기는 맞지. 하지만 저도 이제 마흔이 넘었는데 제 아비를 꼭 그렇게 쫓아야 하나?'

콧김을 씩씩 뿜으며 남훈 씨는 뒤척였다. 피곤했는지 아내가 드렁드렁 코를 골았다.

'그 성깔머리며 못된 말투가 제 엄마를 빼다 박았다. 전화번호를 괜히 남겼어. 제기랄. 그 애가 나쁜 애면 어떻게 하지? 앙심을 잔뜩 품은 것 같아.'

남훈 씨의 심장이 또다시 덜컹거렸다. 아내는 잠꼬대를 하면서 홑이불을 걷어찼다. 남훈 씨는 슬그머니 그것을 당겨 아내를 덮어주었다.

'아무래도 이 사람에게 모든 것을 말해야겠다. 내일, 아니 어쩌면 모레.'

남훈 씨는 다짐했다.

"아빠, 왜 그래요? 어디 아파요?"

토요일 오전 10시. 느지막이 아침을 먹으며 선아가 물어보았다.

"내가?"

남훈 씨는 놀라서 고개를 쳐들었다.

"왜 식사를 그렇게 하세요. 밥을 반이나 남기셨잖아."

"아니다. 아픈 게 아니야."

숟가락을 들어, 남훈 씨는 흰쌀밥을 연신 삼켰다.

"여보, 왜 그래요. 반찬도 같이 드셔야지."

젓가락으로 계란말이를 집어 아내가 그의 숟가락에 얹어주었다. 그 바람에 울컥한 남훈 씨가 숟가락을 탁 내려놨다. 얹혀 있던 밥덩이와 계란말이가 식탁 위에 흐트러졌다.

"아니, 사실은 아파. 나 많이 아프다!"

아내와 선아는 두 눈을 크게 뜨고 뒷말을 기다렸다.

"사실은 말야……."

식구들을 데리고 남훈 씨는 거실로 갔다. 그는 아내와 딸을 소파에 앉히고 바닥에 마주 앉았다.

"나 말야…… 애가 있었어."

이마에 솟은 땀을 팔등으로 훔치며 남훈 씨가 고백했다.

"있었다니…… 왜 그렇게 말해요, 아빠?"

선아가 두 손으로 제 팔뚝을 문질렀다. 차마 그 애를 볼수 없어 남훈 씨는 아내에게 눈을 돌렸다.

"어젯밤에…… 그 앨 만났어. 얘기를 좀 나눠보려고."

아내의 얼굴이 하얗게 질리는 것을 보고 남훈 씨는 얼른고개 숙였다.

"미안해, 당신한테 씻을 수 없는 죄를 지었네."

그러나 머리를 숙이고 아무리 기다려도 두 사람은 말이없었다. 분노? 슬픔? 비난? 어떤 반응이 돌아올지 몰라 남훈 씨는 눈을 감았다.

'은퇴하지 말걸. 청년일지 같은 거 거들떠보지도 말걸!'

뱃속 깊은 데서 후회가 솟구쳤다. 이제는 모두 다 소용없는 이야기였다.

"결국은 이렇게, 이런 날이 오네."

아내가 중얼거렸다. 병들어 우는 새처럼 목소리가 애처로웠다.

"미안해, 정말 미안!"

남훈 씨가 다시 말했다. 그것밖엔 할 말이 떠오르지 않았다.

"나는……" 아내가 깊이 숨을 삼켰다. "그런 말 들을 자격 없어."

소파에 엎드려 우는 아내를 보고 남훈 씨는 의아해졌다.

"실은, 알고 있었어." 아내가 속삭였다. "그때 난…… 좋은 남자를 만나 좋은 가정을 꾸리고 싶었고…… 그 시절에 난 의심이 많았어. 그래서……."

남훈 씨는 토끼 눈을 뜨고 뒷말을 기다렸다.

"그래서…… 동사무소에 근무하는 친구한테 당신 주민번호를 가르쳐줬어. 초본을 좀 떼어달라고, 비밀리에 부탁했어."

남훈 씨는 마른침을 꿀꺽 삼켰다. 심장이 조금씩 안정을 되찾았다.

"근데, 어째서 나하고 결혼을 했어? 나한테 딸린 애가 있다는 걸 알면서? 내가 그걸 말하지 않았다는 것도……. 당신, 내가 나쁜 놈인 걸 알았잖아?"

겁먹은 눈으로, 선아가 제 엄마와 남훈 씨를 빠르게 흘끔거렸다.

"애를…… 난 애를 낳을 수가 없어서…… 나중에 그 앨 데려다 키우면 좋겠다고 생각했어. 그때는…… 정말 그랬어."

엎드린 채로 아내가 도리질을 쳤다. 10여 분쯤 지나자 아내의 울음이 조금 멎었다.

"만나 봐. 그래야지."

딸꾹질을 하면서 아내가 흐느꼈다.

남훈 씨는 고개를 가로저었다.

"만나기 싫대. 그냥 가버렸어. 막 화를 내고."

"나는…… 잘 모르겠어요."

선아가 끼어들었다.

한 번도 들어본 적 없는 냉랭한 딸의 말투에 부부는 깜짝 놀랐다. 스무 해 넘게 키우면서 한 번도 본 적 없는 표정을 선아는 짓고 있었다.

"나는 싫어요. 아빠가 그 사람 만나는 거."

또박또박, 선아가 말했다. 그러고는 길 잃은 아이처럼 주위를 두리번댔다. 제 손바닥을 들여다보다 제 부모 얼굴을 쳐다보고, 주방으로 들어갔다가, 잘못된 데로 갔다는 듯 걸음을 돌려 제 방으로 들어갔다.

똑, 하고 문 잠그는 소리가 들려 부부는 몹시 놀랐다. 사춘기가 지나고는, 아니 사춘기 때에도 선아는 그런 적이 없었다.

16. 숫자만 상대하면 되니까

'나는 스페인 사람이다. 나는 스페인 사람이야. Yo soy español.(나는 스페인 사람이다.) No sé hablar coreano.(난 한국말을 몰라.)'

남훈 씨는 되뇌며 커피를 홀짝거렸다. 토요일 저녁 7시. 그는 보연과 저녁을 먹기로 약속한 곳에 앉아 있었다. 남훈 씨는 보연을 근사한 스페인 식당에 데려가려 했지만, 보연은 따로 가고 싶은 데가 있다고 했다. 자기 동네에 돈가스 가게가 하나 있는데 혼자 갈 분위기가 아니어서 망설이기만 했단 거였다. '그런 데 같이 갈 친구도 하나 없다니.' 남훈 씨는 안타까웠다.

긴장도 달랠 겸 그는 약속 시간보다 30분 일찍 식당에 갔다. 그곳의 알록달록하고 화려한 인테리어를 보자, '과연 혼자 오기엔 어려운 분위기로구나.' 생각이 들었다. 문을 열고 들어가 남훈 씨는 자신을 마땅찮게 보는 직원들을 마주했다. 언제부터인가, 젊은 사람들이 주로 찾는 가게에 가면 직원들이 자기를 떨떠름히 대한다는 걸 남훈 씨는 알아챘다. 그것은 선아나 아내와 함께 있을 때도 마찬가지였다. 죄송하지만 나가달라고 정중하게 부탁받은 적도 있었다.

'여기서 보연을 만나기로 했다. 쫓겨나서는 안 돼.'

남훈 씨는 구석 자리에 얼른 앉았다. 메뉴를 들고 온 직원이 묻지도 않았는데, 그는 동행이 있다는 것을 알려주었다.

계산대를 등지고 앉아, 남훈 씨는 보연과 무엇을 먹을지 고민했다. 입 안이 깔깔하니 돈가스는 당기지 않아, 그는 해물파스타를 먹기로 했다. 유리잔에 물을 따라서 그는 홀홀 마셨다.

돌아보면 지난 석 달간 이런저런 일이 있었다. 우선 그는 스페인어 초급 과정을 통과해 중급 과정으로 올라갔다. 플라멩코 강습소에서는 여성 파트너와 짧은 곡의 안무를 습득했다. 간단한 동작으로 이루어진 춤곡이지만, 남훈 씨에게 그 경험은 특별했다. 그는 여자하고는, 아니 다른 사람하고는 춤이란 걸 춰본 적 없었으니까. '청년일지'의 모든 과제가 순조롭게 마무리되고 있었다. 딱 하나만 빼고.

요사이, 남훈 씨는 여생을 어떻게 보낼까 궁리를 했다. 굴착기 운전사라는 직업군에서 한 발짝 물러섰지만 인생은 아직 남아 있었다. 그것은 미완성이었고, 미완성된 인생은 흉물스러운 것이라고 남훈 씨는 생각했다. 그는 조금씩 무기력해졌고 시나브로 잠이 늘었다. 그러던 중, 보연에게서 뜻밖의 연락이 왔다.

'만나 보겠어요. 아직 나를 보고 싶다면.'

이틀 전, 남훈 씨는 문자를 받았다. 석 달 전 재회 장면이 다시금 떠올랐다.

'어쩜 그 애는 나를 그리도 남처럼 대했을까?'

남훈 씨는 섭섭하고 의아했다. 아무리 그래도 핏줄 아닌가? 그는 보연이 자신을 환대하리라 기대하지 않았지만, 그렇게 잡상인처럼 대할 줄은 정말 몰랐다. 그 애가 자신을 원망하며 울음이라도 터트렸다면, 어두운 골목에서 남훈 씨의 가슴을 몇 번이고 밀쳐냈다면 그의 속은 편했으리라.

'부채감을 갖고 있다고 해서 자연히 아비의 마음이 생기는 것은 아니구나.'

남훈 씨는 뒤늦게 그러한 사실을 깨달았다. 그는 선아의 아비임에 분명했지만, 보연의 아비는 아니었다. 늙다리 청년의 말마따나 '궂은 날도 좋은 날도 함께 있어야' 아비인 것이다. 그것은 자식의 입장에서만 의미 있는 말이 아니고, 아비의 입장에서도 의미 있는 말이었다.

"아빠!"

문득 들려온 낯선 음색에 남훈 씨는 소스라쳤다.

"뭘 그렇게 멍하니 있어? 밖에서 손을 흔드는데도 본체만체하고."

입고 있던 재킷을 벗어 놓으며 보연은 남훈 씨 앞에 마주 앉았다.

첫딸이 마흔이나 됐다는 것을 그는 머리로 알았으나 피부로는 느끼지 못했다. 밤의 센서 등 아래서와 달리, 식당의 밝은 조명 아래선 그 애 얼굴의 잡티와 주름이 훤히 보였다. 남훈 씨는 평소 40대가 젊은 층이라 여겨왔는데, 자기 딸이 그 나이라니 어색하고 이상했다. 그는 보연이 너무 늙었다고 느꼈다. 너무 시들어버렸다고.

"아, 보연이."

남훈 씨는 그토록 나이 많은 여자가 자기를 아빠라 부르고, 또 존댓말도 하지 않는 데 놀랐다. 석 달 전과는 딴판이었다. 긴장이 되어, 그의 어깨가 비죽 솟았다. 보연도 그것을 눈치챘는지 공연히 어깨를 들먹거렸다.

"나도 이게 쉽지는 않아. 하지만 나! 이제부터 아빠한테 존댓말 안 해." 보연은 남훈 씨를 똑바로 봤다. "나도 이제 보상을 받아야겠다고."

'보상?' 남훈 씨의 가슴이 벌렁거렸다. '역시 돈 얘기인

가? 하지만 돈을 요구하는 것과 반말하는 게 뭔 상관이지?'

두 눈을 끔뻑이면서 남훈 씨는 고개를 끄덕였다.

"생각해보니까, 여섯 살 때까지 난 존댓말을 안 썼더라고. 아빠한테."

보연이 말했다.

남훈 씨는 이제 와 그런 게 무슨 상관인지 이해가 안 됐지만 또다시 고개를 끄덕였다.

"왜 바꿨니? 마음을. 날 만나기로."

스페인어 문법을 활용해 남훈 씨는 물어보았다. 활기차던 보연의 기세가 시무룩 졸아들었다.

"실은…… 잊고 지냈어, 아빠에 대해. 언제까지더라? 내가 아빠를 생각한 게. 그래, 대학생 때까지였던 것 같아. 그때까진 이따금 아빠를 생각했지. 나한테도 아빠가 있으면 좋겠다. 그러면 이것도 안 할 수 있고 저것도 안 할 수 있고, 그렇지 않을까? 그러다 사회생활을 시작하면서 아빠 생각이 옅어졌어. 왜 그랬는지는 몰라. 하지만 막연히 생각했어. 언젠가 다시 만날 날이 오겠지. 말하지 않아도 모든 걸 이해하는, 그런 날이 찾아오겠지. 그런데 아니더라. 아무리 기다려도 그런 날이 안 오더라고. 그러다 깜빡 잊었어. 아빠에 대해.

그렇게 살았지. 근데 어느 날 갑자기 아빠가 찾아온 거야."

놀라움을 감추려 남훈 씨는 물잔을 더듬었다. 언젠가 자기가 아버지에 대해 품은 생각을 보연도 똑같이 하고 있었다. 그런 게 핏줄인 걸까?

"3개월 동안 머릿속이 복잡했어. 화도 나고 의심도 들고. 그렇지만……." 보연이 남훈 씨를 바로 보았다. "'언젠가'라는 건 비겁하잖아. 안 그래? '언젠가는 뭘 하겠다.' '언젠가는 뭔가 되겠다.' 그런 게 다 미래로 할 일을 미루는 거지. 그래서 만나기로 했어. 적어도 한 번은."

남훈 씨는 또 한 번 고개를 끄덕였다.

"아, 배고프다."

메뉴를 보지도 않고, 보연은 직원을 불러냈다.

"옛날 왕돈가스 하나 주세요. 아빠는?"

"나는 주십시오. 해물파스타로."

"돈가스…… 안 먹어?"

보연의 얼굴에 서운한 기색이 스쳤다.

"응, 까끌까끌하네. 입 안이." 남훈 씨가 말했다. 그는 직원을 올려다봤다. "여기, 됩니까? 커피 리필."

"이런 데서 커피는 무슨." 보연이 손사래 쳤다. "우리 모히토 두 잔 주세요. 하나는 무알코올로."

직원이 돌아간 뒤에, 남훈 씨는 보연을 흘끔 보았다. 가슴이 벌렁거렸다.

"술은…… 마시면 안 되잖아?"

두 눈을 내리깔고, 보연이 말했다.

"설마, 알고 있니?"

"그럼."

음식이 나오기 전, 남훈 씨는 보연에게 자신이 무슨 일을 하고 있는지 또 어떻게 살아왔는지 말해주었다. 자서전을 써두지 않았다면 무엇을 어디부터 말해야 할지 몰랐겠지. 그는 자기 삶의 변화에 대해, 그 일이 일어난 연도와 해당 월까지 언급하며 이야기했다. 연표 형식으로 자서전을 정리했기에 얘기가 곁가지로 흐르지 않았다.

이야기가 끝날 무렵, 돈가스와 파스타 그리고 모히토 두 잔이 테이블에 올라왔다.

"그래, 어디까지 했니? 학업은."

남훈 씨가 물었다.

"대학 나왔어. 2년제지만."

보연이 답했다. 그 애는 멍하니 돈가스를 들여다봤다.

'내가 먼저 포크를 들어야 애도 먹을 모양이야.'

남훈 씨는 생각하고 포크를 집어 파스타를 돌돌 말았다. 보연이 대학을 나왔다니, 그는 왠지 안도감을 느꼈다. 학비를 줘야 하나 하는 걱정 따위는 들지도 않았다.

"그래, 어디를 다녔니? 학교는."

"말해도 모를걸?"

보연이 입술을 삐죽였다. 그 애는 거대한 삼지창을 들기라도 하듯 포크를 들어 올렸다.

"왜 몰라. 다 알지. 아빠가."

남훈 씨는 통통한 새우를 찍어서 입에 넣었다. 그러나 보연이 말해준 학교 이름을 그는 정말 들어본 적이 없었다.

"모를 거라 했잖아."

보연이 투덜댔다.

'우리 선아는 사대문 안에 있는 학교를 나왔는데.'

남훈 씨는 아쉬운 생각이 들었다.

"그래, 고생을 했겠구나. 네 엄마가. 대학까지 가르치느라."

남훈 씨의 말을 듣고 보연이 코웃음 쳤다.

"생계를 잇느라 고생했지. 학비는 내가 갚았어. 학자금대출을 받았으니까."

입에 든 새우를 꿀꺽 삼키고, 남훈 씨는 뒷말을 잇지 못

했다.

'어린것이 그걸 갚느라 얼마나 시간을 허비했을까!'

선아는 대학 시절 아르바이트 한 번을 한 적 없었다. 아내도 그도 아이가 학창 시절 공부에만 매진하길 바랐으니까. 그래야 시간 낭비 없이 사회생활을 시작할 수 있고, 결혼을 위한 저축도 차근차근 해나갈 수 있음을, 그들은 알고 있었다.

"그래…… 요새 하니? 무슨 일."

남훈 씨는 무알코올 모히토를 한 모금 마셨다. 상큼한 향이 입 안을 톡 쏘며 무거운 기분을 날려버렸다.

"경리."

"어디서 일해?"

"말해도 몰라. 그냥 작은 회사야."

'내가 왜 몰라?' 남훈 씨는 말하려다 입을 닫았다.

"평사원은 아니야. 작년에 과장 달았어."

"그래? 잘됐다!" 남훈 씨의 안색이 확 밝아졌다. "너 참 잘했지. 어릴 때. 산수."

"그래? 난 기억 안 나는데."

보연이 웅얼댔다.

"잘했어. 곧잘 풀었지. 공책에다 더하기 문제 내놓으면."

"그냥, 사람 대하기 싫어 회계한 거야."

돈가스를 쑤석이며 보연이 말했다.

"숫자만 상대하면 되잖아? 단지 그 이유야. 무슨 수학 따위에 매력을 느껴서가 아니고."

남훈 씨가 파스타를 거의 다 먹을 때까지 보연의 돈가스는 반 이상 남아 있었다. 그는 썩 내키지 않았지만 보연을 위해 물어야 할 것을 물어보았다.

"잘 지내니? 엄마는……."

"응, 씩씩하니까. 생활력도 강하고."

보연이 고개를 끄덕였다.

"너는 잘 지내? 어떠니. 엄마랑."

"글쎄, 원수지지만 않았지 뭐."

"왜 그래. 둘도 없이 가까운 사이인데. 딸하고 엄마는."

보연은 낯을 붉히며 포크를 내려놓았다.

"우린 안 그래. 사실 많은 딸이 엄마하고 사이가 나쁠걸? 적어도 속으론 그래. 다들 앙심을 품고 있다고."

"그, 그러냐?"

선아와 아내의 얼굴을 떠올리며 남훈 씨는 당황했다. 정말로 선아도 제 엄마에게 앙심을 품고 있을까? 그의 생각으로는 조금도 그럴 것 같지 않았다. 그가 보기에 선아는 제 엄마를 좋아하고, 무척 따르고, 또 존경하는 것 같았다.

"내가 알기론 그래. 왜? 아빠는 그렇게 사이좋은 모녀를 알아?"

낚싯바늘처럼 뾰족하게 보연이 말끝을 들어 올렸다.

큰 숨을 들이마시고 남훈 씨는 자기에게 새 아내와 딸이 있음을 알려주었다. 뜻밖에도 보연은 놀라지 않았다.

"들었어, 예전에 엄마한테." 제 엄마를 닮아 유독 크고 검은 눈으로 보연은 남훈 씨와 눈을 맞췄다. "그 애는 아빠를 뭐라고 불러? 아버지라고 해?"

"아니, 아빠라고 하지."

"그것 봐."

심술궂게, 보연이 입술을 삐죽였다. 남훈 씨는 기분이 몹시 상했다. 그는 그토록 나이 많은 여자가 자기 동생을 그런 식으로 질투하는 게 못마땅했다.

"그런데…… 왜 그렇게 먹질 않니. 배고프다더니."

끓어오르는 짜증을 누르며 남훈 씨가 물어보았다.

나이프로 해찰을 부릴 뿐 보연은 말이 없었다. 마치 밥투정하는 아이처럼 보연은 몸을 틀었다.

"기억나? 마지막으로 만났을 때, 우리가 뭐 먹었는지."

"글쎄. 떡볶이였나? 아니면 갈비?"

보연이 가만히 고개를 흔들었다.

"돈가스야."

남훈 씨는 달아오르는 낯을 손으로 더듬었다. '그래서 돈가스 먹으러 가자고 한 거로구나!' 신기하게도 남훈 씨의 머릿속에 그날의 기억이 되살아났다. 정말, 그들은 그걸 먹었다. 남훈 씨는 그때 보연의 접시를 끌어당겨 돈가스를 썰어주었다. 보연은 어색하고 또 무언가 불만족스러운 낯으로 그것을 집어 먹었다.

"그때 아빠가 준 10만 원, 절대 안 쓰려고 했는데…… 써버렸어. 전부."

보연이 말했다. 뜬금없는 이야기였다.

"괜한 소리! 쓰라고 준 걸."

남훈 씨는 말했다. 그는 수치스럽고 부끄러운 옛 기억을 지우고 싶었다.

"뭐에다 썼나 안 물어봐?"

보연이 고개를 들었다.

"그래, 뭐에 썼니?"

"그냥, 여기저기. 과자도 사 먹고 떡볶이도 사 먹었어.

CD도 사고."

"샀어? 무슨 CD를?"

"몰라. 기억 안 나. 그냥 그때 TV에 나왔던 가수."

'사춘기 시절 좋아한 가수 이름도 기억을 못 하다니!' 딸이 열정 없는 사람으로 자란 듯해서 남훈 씨는 울적해졌다.

"아무튼. 처음 먹었어, 그때. 돈가스라는 거. 고소하고 맛있었지. TV에서 보던 것처럼 난 내 손으로 그걸 좀 잘라보고 싶었어. 그런데 이거, 그때 먹은 맛은 아니네."

보연이 말하고 포크를 내려놓았다.

먹다 만 돈가스 접시를 남훈 씨는 멍하니 봤다. 자르다 만 고깃덩이가 식어빠진 소스와 엉겨 지저분하게 놓여 있었다. 왜 그랬는지 몰라도, 남훈 씨는 손을 뻗어 보연의 접시를 잡아당겼다. 그리고 돈가스를 조금씩 조각냈다.

제 앞에 돌아온 접시를 보며, 보연은 두 눈을 깜빡였다. 그리고 천천히 포크를 들어 올렸다. 보연은 돈가스 조각을 찍어 자신의 입에 넣었다. 그리고 몇 번 씹었다. 아니, 씹으려고 노력했다. 고개를 숙이고, 그 애는 계속 오물거렸다.

"아르바이트로 돈을 벌기 시작하면서, 난 많이 다녔어. 돈가스 먹으러. 근데 어디서도 그때 먹은 맛이 안 났어. 이집은…… 음식 잘하네."

17. 아빠의 두 번째 선물

식사를 마친 뒤 남훈 씨는 보연과 조금 걸었다. 가로등 켜진 공원에 들어서자 마스크를 쓰고 산책하는 사람이 눈에 띄었다. 11월 초의 밤공기는 제법 써늘해, 많은 사람들이 머플러를 두르고 있었다.

"여며라 단단히. 옷깃."

남훈 씨가 말하자 보연은 재킷의 너른 깃을 목 위로 펴 올렸다.

두 사람은 작은 공원을 한 바퀴 돌고 편의점에서 따뜻한 꿀차를 한 병씩 샀다. 그들은 그것을 양손으로 비벼 돌리며 인적 드문 벤치로 가 걸터앉았다.

"했니? 결혼은."

오래도록 궁금했던 걸 남훈 씨는 물어보았다. 그는 보연의 주민등록초본을 보았으므로 그 애가 '누구의 배우자'로 산 적 없단 걸 알고 있었다. 하지만 요즘 젊은이들은 삶의 양태가 다양하므로 그 애가 누구와 혼인식 없이 살림을 차렸을 수도 있으리라고 남훈 씨는 생각했다. 아비로서, 그는 그런 적이 있기를 내심 바랐다. 아껴줄 짝 없이 늙는다는 게 딸아이가 겪어서는 아니 될 인생의 비극 같았다.

"아빠, 근데 왜 자꾸 그런 식으로 말해?"

보연이 물었다.

"뭘?"

"한국말 처음 배우는 사람처럼 말하잖아. 나 놀리는 거야?"

"그, 그래? 불편하냐?"

"불편한 건 아니야. 좀 이상해."

보연이 고개를 홱 돌렸다.

"이상하면…… 불편한 거지."

남훈 씨가 말했다.

"아무튼 아니야."

"뭐가?"

"결혼 안 했다고."

"사귀는 남자는?"

"없어."

"왜?"

보연이 남훈 씨를 쳐다보았다.

"날 끝까지 사랑해주는 남자가 없었어."

뜻밖의 대답에 남훈 씨는 당황했다. 그는 복잡한 머릿속을 정리하느라 허둥거렸다. 할 말이 너무 길어서 스페인어로 바꾸는 게 쉽지 않았다. 게다가 방금 보연은 그 어법이 불편하다고 하지 않았나? 마른침을 삼키고 남훈 씨는 이야기했다.

"하지만 넌 네 엄마를 닮아 고운데, 젊었을 때는 좋다고 쫓아다닌 남자들도 있었을 거야. 안 그러냐?"

"어릴 때는 그랬지. 어린 맛이 있었으니까." 보연이 말했다. "그중에는 부잣집 아들도 있었고, 대기업에 다니는 남자도 있었어. 가진 건 없지만 마냥 착한 애도 있었고."

"그래, 그런데 왜 결혼을 안 했어?"

보연이 또다시 남훈 씨를 바로 보았다.

"그렇게 괜찮은 남자들이 왜 나를 좋아하는지 모르겠더라고. 그래서 다 헤어졌어. 잔뜩 괴롭히다가."

"괴롭혀?"

"응. 왜 나를 좋아하냐고, 나처럼 거지 같은 걸 어째서 사랑하냐고 매일매일 물어봤거든. 어떻게든 그 사랑을 증명해내라 하고."

가슴이 조여, 남훈 씨는 고개 숙였다. 그는 자기가 돌이킬 수 없는 죄를 지었다는 걸 분명히 알아챘다.

"가방이나 구두 같은 거 사주면서 적당히 놀다 가는 바람둥이들이 편했어. 실연당하면 후련했고. 어쩌다 임신도 한 번 했는데 '난 너를 못 키워줘!' 하고 막 미워하니까 어느 날 배 속에서 확 죽어버리던걸?"

겁에 질린 남훈 씨를 보면서 보연은 계속 말했다.

"그 애가 내 배 속에서 나올 때 얼마나 아팠는지 몰라. 막 피가 나고. 난 그때 끝났어. 엄청난 쓰레기야, 난."

그렇게 끔찍한 이야기를 눈 하나 깜짝 않고 하는 보연을 보며 남훈 씨는 두려움을 느꼈다. 표정을 감출 수 있어, 그는 밤의 어둠이 고마울 지경이었다. 이 아이의 상처에 대해 무슨 말을 할 수 있을까? 어떤 위로도, 어떤 조언도 소용없는 과거가 지나갔다. 인간에 대한 욕구와 불신이 엉겨 이 아이의 가슴을 불모지로 만들어버린 것이다.

'이 애는 대체 무슨 마음으로 나를 만나러 왔을까!'

남훈 씨는 겁이 났다. 어둠 속에서 그는 보연을 다시 봤다. 보연은 더 이상 열일곱이 아니었다. 예전처럼 돈가스 한 번 사주고 돈 10만 원 쥐여 보낸 뒤 끊어낼 수 있는, 그런 인연이 아니었다. 그는 자신이 한가롭게 여유를 부렸단 걸 깨달았다. 버려둔 자식을 만난다는 건, 늙은이의 호기로 덤벼들 일이 절대 아니었다.

"그 애는 결혼을 했어?"

어깨를 움츠리며, 보연이 물어보았다. 남훈 씨는 입고 있던 점퍼를 벗어 보연의 어깨에 걸쳐주었다.

"누구?"

"아빠의 새 딸 말야."

남훈 씨는 픽 웃었다.

"말도 안 되는 소리. 걘 겨우 스물넷이야."

"왜? 우리 엄마도 그 나이에 결혼했는데." 보연이 받아쳤다. "그 나이면 맘먹은 건 뭐든지 할 수 있어. 남자하고 잠도 자러 돌아다니고."

"그런 식으로 말하지 마라. 동생에 대해!"

남훈 씨는 성을 냈다. 그러자 보연의 표정이 사납게 돌변했다.

"동생? 걔가 왜 내 동생이야? 걘 나를 언니로 생각한대? 나라는 존재가 이 세상에 있다는 걸 알기나 해?"

"알아."

남훈 씨의 말을 듣고 보연은 반대쪽으로 고개를 홱 돌렸다.

"스물네 살도 결혼할 수 있다는 거야, 내 말은."

"그래."

"괜히 만나러 왔어!"

벌떡 일어나, 보연은 남훈 씨를 노려보았다. 보연의 어깨에서 남훈 씨의 점퍼가 툭 떨어졌다.

'그런가 보네!'

기분이 상해, 남훈 씨도 보연을 잡을 마음이 나지 않았다. 그런 남훈 씨를 매섭게 흘겨보다 보연은 가버렸다.

"잠깐!"

내키지 않았지만, 남훈 씨는 달려가 보연의 어깨를 잡아챘다.

"왜 그래?"

보연이 대차게 어깨를 흔들었다.

"이리 와. 잠깐만."

목소리를 누그러뜨리고 남훈 씨는 보연을 토닥였다. 잠깐 고집을 부리더니 보연은 두 발을 구르며 벤치로 돌아왔다. 낡은 가방에 손을 넣어 남훈 씨는 상자 하나를 끄집어 냈다.

"이게 뭐야?"

"뜯어봐."

남훈 씨가 말했다.

벤치에 앉아, 보연은 천천히 포장을 풀었다. 단번에 찢어도 괜찮을 텐데 그 애는 테이프를 공들여 떼어냈다.

"두 번째 선물이네. 아빠가 나한테 주는."

보연이 가로등 불빛에 노트를 비춰보았다. 그것은 남훈 씨가 대형 서점에서 구입한 노트였다. 튼튼하고 근사한 악어가죽 표지가 덮인 파란색 노트. 남훈 씨가 보연을 만나면 주려고 산 스카프는 아내의 손에 들어갔기에 그는 새 선물을 사야만 했다. 남훈 씨는 어제 밤늦도록 고민했지만 마흔 살 먹은 딸에게 무엇을 줘야 할지 도무지 알 수 없었다. 그때 '청년일지'가 눈에 띄었다. 그것을 한 장 한 장 넘기며 그는 상상의 나래를 펼쳐보았다. 보연이 책상 앞에 앉아 자신만의 '청년일지'를 공들여 쓰는 것을.

"두 번째?"

남훈 씨가 되물었다.

"아빠는 기억을 못 하는구나."

보연의 목소리가 졸아들었다. 또다시 기분이 상한 듯했다. 하지만 이번에 전달된 감정은 분노나 질투가 아니라 다른 것이었다. 슬픔 혹은 쓸쓸함 같은 것.

"돈가스 먹고 헤어지기 전에, 문구점에 갔었어. 아빠가 거기서 말했지. 뭐든 갖고 싶은 거 고르라고. 난 별로 갖고 싶은 게 없었어. 그래서 한참 둘러보다 거기서 제일 큰 인형을 골랐지. 그렇게 큰 인형은 가져본 적이 없거든. 문구점 주인한테 돈을 주고 나와서 아빠가 말했어. '뭐 학용품 같은 걸 사주고 싶었는데.'"

"그 말이 한 번씩 생각났어. 아빠는 그냥 사주고 싶은 걸 사주면 되지, 왜 나한테 고르라고 했을까? 아빠가 사주고 싶은 걸 내가 딱 고르지 못한 게 계속해서 맘에 걸렸어. 그래서 나를 버렸나 싶었지."

보연은 노트를 펴 훌훌 넘겼다.

"그런데 오늘은…… 아빠가 사주고 싶은 걸 사왔네. 좋다."

"좋아? 그런데 왜 안 웃어?"

남훈 씨는 자신의 얼굴을 보연의 얼굴 가까이 댔다.

"내가? 아니, 이렇게 웃고 있잖아."

보연이 말했다. 하지만 보연의 얼굴은 화가 나지 않았을 뿐 웃고 있다고 하기는 어려운 표정이었다. 남훈 씨가 계속해서 모르겠단 표정을 짓자 보연이 씩 웃었다. 당신이 원하는 웃음이 이런 거라면 자신은 그걸 보여줄 수 있다는 듯이.

"나도 이런 거 좋아해. 꽉 채울 엄두가 나질 않아 한 번도 사본 적 없지만."

"거기에 뭘 쓰고 싶니?"

남훈 씨가 물었다.

"이번에는 안 돼."

보연이 고개를 흔들었다.

"뭐가?"

"뭘 썼으면 좋겠는지 말해. 그럼 내가 그것을 쓸게."

"그걸 어떻게…… 그건 네 자유지."

남훈 씨는 쭈뼛거렸다. 한참을 망설이다가, 보연이 남훈 씨의 손을 잡았다.

"내 인생에 자유는 많았어. 지긋지긋하게 많았지."

18. 부드럽고 매콤한 김치파에야

남훈 씨가 집으로 돌아갔을 때, 아내와 선아는 거실 탁자에 마주 앉아 커피를 마시고 있었다. TV를 켜지 않은 것으로 보아 대화를 나누고 있던 듯한데 남훈 씨가 들어서자 입을 딱 닫는 눈치였다.

"방금 그 애를 만나고 왔어."

남훈 씨는 보고했다. 선아는 말이 없었다. 그 애는 숫제 아비를 등지고 앉아 고개를 수그렸다. 아내의 얼굴에는 호기심이 어렸으나 선아의 눈치를 보며 조심하고 있었다.

"난 비밀 같은 거 만들고 싶지 않아."

남훈 씨는 말하고 욕실로 갔다. 선아가 임용고사를 준비하던 때 이후 집 안이 이토록 적막하기는 처음이었다. 침울한 낯으로 샤워를 한 뒤 남훈 씨는 서재로 갔다. 그는 '청년일지'를 펴고 과제 목록을 들여다봤다.

과제7. 보연을 만나 사과하기

붉은색 펜을 쥐고 남훈 씨는 그 위에다 동그라미를 치려고 했다. 그러면 모든 과제가 마무리되는 것이다. 하지만 결심과 달리 그의 손은 망설였다. 속을 끓이다 남훈 씨는 노트를 후딱 덮었다. 그는 다른 노트를 집어 펼쳤다.

2021년 11월 8일. 보연과 저녁을 먹었다.

자서전용 노트에 남훈 씨는 썼다. 그들이 어디서 무엇을 먹고 어떤 대화를 나눴는지도 간단히 썼다. 보연을 만난 마당에 자서전을 계속 쓸 필요가 있을지 그는 잠시 고민했다. 그리고 계속 썼다. 왜냐면 인생은 아직 남아 있고, 그걸 쓰지 말아야 할 이유는 어디에도 없으니까. 무엇보다 그에게는 자식이 둘 있다. 선아가 지금은 그를 이해하기 어려울지라도, 나중에 보연의 나이쯤 되면 생각이 달라질 수 있는 것이다. 물론 그때라고 선아가 아비를 이해하리란 보장은 없지. 하지만 아비가 무슨 생각으로 보연을 만났는가를 궁금해하고 그 이유를 알아보려고 할 수는 있었다. 그때 남훈 씨는 선아 곁에 있지 못할 가능성이 컸다. 창밖을 보며 그는 세상에 혼자 남을 늦둥이의 모습을 쓸쓸히 그려보았다.

'선아도 나에 대해 궁금한 게 있을 거야. 뭘 어떻게 물어

야 좋을지, 지금은 자신도 모르는 거지.'

생각해보니, 보연을 만나기까지 여러 사람의 도움이 있었다. 그는 그 이야기도 노트에 썼다.

굴착기를 빌려 간 늙다리 청년은 내가 아비로서 보연에게 빚이 있음을 가르쳐주었다. 스페인어 강사 카를로스는 그러한 빚이 있다 해도 그걸 청구할지는 보연의 마음에 달려 있음을 가르쳐주었다. 마지막으로, 내게 플라멩코를 가르쳐준…… 그러고 보니 그 선생 이름을 모르는군. 다음 수업 때 꼭 물어봐야지. 아무튼 그 선생은 내가 폭염 속에서 보연을 기다릴 만한 체력을 갖게끔 훈련을 시켜줬다.

'뭔가 보답을 하고 싶은데.'
볼펜을 놓고 남훈 씨는 이마를 긁적거렸다.
'그들에게 각각 선물을 할까? 하지만 대체 무엇을?'
남훈 씨는 난감했다. 게다가 선물을 사면 어떻게 할 것인가? 시커먼 사내 셋에게 하나씩 나눠 줘야 할 것이다. 쑥스러워서 남훈 씨는 진저리를 쳤다.

'한 번에 모두에게 고마움을 표할, 그런 방법은 없을까? 좋은 식당에서 비싼 밥을 먹이면 소박하나마 성의 표시가 될 텐데.' 하지만 곰곰 생각하니 그것도 간단치는 않았다. 지금은 코로나19 변이 바이러스가 들끓고 있질 않나? 남훈 씨 본인이야 괜찮지만 카를로스와 플라멩코 강사는 학생들을 만나야 했다. 전염의 위험을 감수하게 해서는 안 되는 것이다. 그렇다고 집에서 대접을 하자니 자신의 손님을 위해 아내와 딸의 손을 빌려야 할 판이었다. 남훈 씨는 그것이 썩 내키지 않았다. 자신의 손님은 스스로 대접을 해야 그 의도가 오롯이 구현되는 것이다.

"¡Bueno! Lo prepararé yo mismo.(까짓것, 내가 준비하자!)"

남훈 씨는 일어나 슬그머니 문을 열었다. 거실에는 아무도 없었다. 닫혀 있는 안방 문 너머로 속삭이는 소리가 들려왔다. 두 여자는 남훈 씨를 피해 비밀 대화를 나누는 모양이었다. 슬그머니 치솟는 화를 누르고 남훈 씨는 노크를 했다.

"네."

아내가 문을 열었다.

"나, 네 방에서 컴퓨터 좀 쓰자."

아내의 어깨 너머로 남훈 씨가 말했다.

"그러세요."

선아가 답했다. 여전히 고개를 돌린 채.

분을 삭이며, 남훈 씨는 선아의 방으로 가 컴퓨터를 켰다. 콧김을 씩씩 뿜으며 '스페인 요리'를 검색하자 낯선 사진들이 주르륵 떴다. 마음에 드는 몇 가지 요리를 골라 남훈 씨는 메모했다. 문장으로 이해되지 않는 요리법은 유튜브 영상을 찾아보았다.

배짱 좋게도, 남훈 씨는 세 가지 요리를 만들기로 했다. 그 정도는 되어야 식탁이 어느 정도 차지 않겠나? 그가 선택한 첫 요리는 아내와 식당에서 맛본 새우감바스였다. 그 음식의 감칠맛이 좋았던 것이다. 같은 이유로 하몽은 제외했다. 그건 너무 짜니까. 카를로스가 그걸 좋아하는 게 마음에 걸렸지만 다른 손님 입맛도 생각을 해야 했다.

"그 늙다리는 스페인 음식이 처음일 거야. 하몽을 내놓으면 제육볶음 먹듯 입 안에 잔뜩 넣을걸. 그런 다음 깜짝 놀라 내뱉겠지. 그나저나 배를 채울 메뉴도 있어야겠는데? 하지만 파에야는 안 될 말이야. 원, 그걸 씹어 소화를 시키다니 스페인 사람들 참 대단해."

남훈 씨는 해물을 듬뿍 넣고 파스타를 만들기로 했다. 하지만 요리법을 보고 있자니 자신감이 사라졌다. 우선 면이란 잘 붙는다. 그리고 그는 면이란 걸 네 사람 몫이나 삶아본 적이 없다. 4인분의 파스타 면이 얼마큼인지 감도 오지 않았다.

　"하지만 파에야는 너무 딱딱해. 아, 그럼 되겠다!"

　참신한 해결법을 떠올리고 남훈 씨는 씩 웃었다.

　"옜다, 인심이다!"

　그는 샐러드 요리법도 하나 써 넣었다.

　곧바로 세 청년과 일정을 조율한 뒤 남훈 씨는 다시 안방으로 갔다. 그는 아내와 선아에게 집으로 손님을 초대할 작정이니 토요일에는 쇼핑을 가든 드라이브를 가든, 어디 좀가 있으라고 부탁을 했다. 두 사람은 알겠다면서 고개를 끄덕였다. 그의 요리 계획에 대해 듣고 아내가 한마디 했다.

　"하지만 당신, 요리해본 적은 한 번도 없잖아요?"

　"내가 왜 요리를 안 해봐? 안식년 이후론 거의 매일 밥을……."

　입술을 삐죽이며 아내가 쿡 웃었다.

　"그건 요리가 아니죠. 밥솥이 다 해주잖아. 스페인 요리는 나도 잘 몰라요. 하지만 무엇이건 세 가지 이상 요리를 할 거라면, 장은 꼭 하루 전에 봐두세요."

아내의 조언을 듣고 남훈 씨는 대꾸하지 않았다. 하지만 금요일 오후, 그는 차를 몰고 식자재를 사러 갔다. 그러기를 얼마나 잘했는지! 세계의 식자재를 모아다 판매하는 초대형 마트엔 실로 다양한 재료들이 놓여 있었다. 미로를 헤매듯 그는 오후 내 마트를 돌아다녔다. 그리하여 금요일 밤, 남훈 씨는 기진맥진 쓰러져 단잠을 잤다.

토요일 아침 7시. 앞치마를 두르고 식탁 앞에 앉아 남훈 씨는 요리법을 다시 보았다. 무슨 일을 어떤 순서로 해야 할지 그는 번호를 매겨 정리했다.

"당신 정말 괜찮겠어요? 재료 손질이라도 도와줄까?"

샤워를 마치고 머리카락을 털며 아내가 물어보았다.

너무 좋아서 입이 찢어지려는 것을 꾹 참고 남훈 씨는 고개 저었다.

"아냐, 내 손님인걸. 어서 나가 봐. 모처럼 모녀가 데이트를 하라고."

그렇게 해서 아내와 선아는 일찌감치 집을 나섰다. 보연의 일 이후 선아는 제 아비와 눈을 맞추지도 않고 말을 섞으려 들지도 않았다. 그러한 변화가 남훈 씨는 무서웠지만,

그래도 소리쳐 혼을 내지는 않았다. 보연에게는 미안한 말이지만, 그는 늦둥이에게 좀처럼 화를 낼 수 없었다. 남들이 볼 때는 어떤지 몰라도 남훈 씨 눈에는 너무나 예뻐, 때로는 보고만 있어도 닳을 것 같이 아까운 마음이 들었다.

빈집에서 라디오를 켜고 남훈 씨는 볼륨을 한껏 높였다. 요한 슈트라우스의 「라데츠키 행진곡」이 때마침 흘러나왔다. 그는 곡조에 맞춰 발끝을 까닥거리며 재료를 손질했다. 감바스에 곁들일 빵은 미리 잘라둔 걸 사 왔으므로 접시에 담기만 했다. 올리브는 반으로 자르고 칵테일 새우를 씻어 소금과 후추에 재웠다. 그는 말린 고추와 마늘을 세 줌씩 집어 편으로 잔뜩 썰었다. 여기까지는 어려울 게 하나 없었다.

문제는 그가 해물파에야를 만들기로 했다는 데 있었다. 홍합을 칫솔로 일일이 씻으면서부터 콧노래가 쏙 들어갔다.

"젠장, 그 옆에 더 비싼 홍합이 있었는데 그걸 살걸!"

그는 손질이 안 된 홍합을 골라놓고 싸게 샀다며 좋아했던 스스로를 욕했다.

"이 오징어도 배를 갈라 내장을 빼 달랬어야지!"

짜증을 부리며 남훈 씨는 오징어 담긴 볼에 밀가루를 퍼부었다. 그는 분노의 손길로 놈들을 주무른 뒤 검은색 눈알을 냉혹히 도려냈다. 파프리카와 브로콜리를 댓 개씩 다지노라니 아득바득 이가 갈렸다. 감바스뿐 아니라 파에야를 위해서도 편으로 썬 마늘이 필요하단 사실을 깨달았을 땐 식탁을 죄다 뒤엎고 싶은 마음이었다. 시간은 벌써 11시. 그는 재빨리 움직여 흰쌀을 씻었다. 그다음 값비싼 사프란을 물에 불렸다. 남훈 씨가 요리를 시작했을 때부터 다섯 시간이 지나 있었다.

"스페인 사람들은 밥 차리다 하루가 끝나겠구먼!"

식탁 의자에 늘어진 채 남훈 씨는 읊조렸다. 라디오에서 음악이 뚝 끊기고 아나운서의 목소리가 튀어나왔다.

속보입니다. 한국대학교 의과대학 연구진이 코로나19 이중 변이의 생화학구조 단백질 입자 증식 원리를 찾아냈다는 발표가 있었습니다. 세계적으로 문제가 된 이번 이중 변이의 경우 NSP1 바이러스의 단백질 활성화 원리를 밝혀내는 게 백신 개발의 변수였던 만큼, 정부는 이번 연구 결과를 세계와 공유해 백신 개발에 박차를 가할 예정입니다. 익명을 요구한 한 정부 관계자는 상황이 나아지는 대로 다른 국가들과 협의해 해외여행을 일부 허가할 수 있다고 밝

했습니다. 몰락 위기에 놓였던 여행업계와 항공업계의 활성화가 기대되고 있습니다.

화학구조니 무슨 바이러스니 하는 이야기를 남훈 씨는 흘려들었다. 다만 그는 해외여행이 재개될지 모른다는 소식에 관심을 기울였다. 아내와 선아가 들으면 무척이나 기뻐할 소식이었다.

승강기 입구에서 만나기라도 했는지, 세 청년은 한꺼번에 우르르 들어왔다. 그들은 저마다 음료수와 휴지를 들고 있었는데, 유독 플라멩코 강사만 꽃다발을 들고 있었다.

"웬 카네이션을. 어버이날도 아니고."

남훈 씨가 말했다.

"압니다, 저도. 하지만 설령 오늘이 5월 8일이래도 남훈 님이 제 어버이는 아니죠. 이건 스페인의 국화입니다."

"아, 그렇지."

꽃다발을 받으며 남훈 씨는 웃었다.

"'당신의 행복을 기원해요.' 그것이 파란색 카네이션의 꽃말입니다."

플라멩코 강사가 말했다.

"그래요? 하지만 이건 빨간색이지 않소."

플라멩코 강사는 치렁한 곱슬머리를 손으로 쓸어 넘겼다.

"파란색을 구하기가 어려워서요. 파란색이라고 생각을 해주세요."

앞치마를 풀고 남훈 씨는 세 청년과 식탁에 둘러앉았다. 그러고 보니 이 집에 누군가를 초대한 것도, 4인용 식탁에 네 사람이 앉은 것도 전부 다 처음이었다. 남훈 씨는 자신의 집이 작다고 느껴본 적이 없는데, 이날은 그런 느낌이 들었다. 어린 시절 동생들과 둘러앉아 밥을 먹던 기억도 났다.

"아, 맞다!"

그는 냉장고를 열어 마트에서 구입한 모히토 캔을 꺼냈다. 세 개 중 하나는 무알코올 모히토였다. 그가 그것을 투명한 잔에 따르는 사이 청년들이 안면을 텄다.

"제 이름은 김서환입니다. 스페인에서 온 기쁨이라는 뜻으로, 어머니께서 지어주셨죠."

카를로스가 말했다. 남훈 씨는 깜짝 놀랐다.

"아니 선생님, 한국 이름이 있다고요?"

"그럼요. 법적으로도 저는 엄연히 한국 사람입니다. 그렇게 살아왔고요."

"하지만 카를로스는요?"

남훈 씨가 두 눈을 동그랗게 떴다.

"그것도 제 이름입니다. 아버지에게 받은 것이죠. 첫 번째로 태어난 아들에게 카를로스라는 이름을 주는 게 우리 집안 전통이랍니다."

"그러면…… 스페인에서 카를로스였던 사람은 어떻게 됐죠?"

남훈 씨가 물었다.

"아, 그 애도 카를로습니다. 제가 없을 땐 그 애가 카를로스죠. 저와 함께 있을 땐 작은 카를로스가 됩니다."

플라멩코 강사와 늙다리 청년은 무슨 말인지 모르겠다는 듯 두 사람을 보고 있었다.

"그래요…… 아, 그러고 보니 선생님은 이름이 어떻게?"

플라멩코 강사를 향해 남훈 씨가 물었다. 강사의 표정이 묘하게 일그러졌다.

"아니, 아직 제 이름을 모르세요?"

"그야 모를 수밖에 없지 않나요? 말한 적이 없는데."

"아, 그랬나요?" 플라멩코 강사가 귀밑을 긁적였다. "남훈입니다, 강남훈. 이게 제 이름이에요."

그의 이름이 자신의 것과 같다는 사실에 놀라 남훈 씨는 눈을 치떴다. 그는 멍하니 늙다리 청년을 돌아보았다.

"자네 이름은 자네가 말하게."

"성은 김씨고요. 클 태, 기쁠 희. 이게 제 이름입니다. 부모님께서 늦은 나이에 저를 얻고는 엄청 기분이 좋으셨다나 봐요."

"아이고! 모처럼 이 집에 기쁨이 넘치는구먼!"

남훈 씨가 껄껄 웃었다. 그는 가스레인지에 놓인 커다란 팬을 두 손으로 들어 식탁으로 옮겼다.

"아니, 이렇게 많은…… 감바스가!"

입을 벌리고 카를로스가 남훈 씨를 올려다봤다. 커다란 프라이팬 속 빼곡한 새우들을 남훈 씨는 손가락으로 가리켰다.

"아, 이 정도는 돼야 장정 셋이 먹죠. 스페인 요릿집서 주는 거는 양이 너무 적더구먼. 손바닥만 한 단지에다 요만큼 주면 손님들이 야속해하지."

"정말 다시 봤습니다, 영감님. 평소에도 요리를 하세요?"

늙다리 청년이 물었다.

"아니, 처음이야."

"근데 이걸 저희가 먹어도 되나요? 아내분과 따님이 먼저……."

"별걱정을 다 하네."

남훈 씨가 오븐에서 커다란 팬을 또 꺼내 왔다. 홍합과 새우, 오징어와 다진 김치가 듬뿍 담긴 파에야였다. 새빨간 파에야.

"첫 번째 요리니까…… 말하자면 이건 연습용이야. 하지만 걱정 말아. 최선을 다했으니까. 그건 분명해."

남훈 씨는 식탁 앞에 앉아 포크를 집어 들었다.

"남훈 님, 플라멩코와 요리의 공통점을 아세요?"

곱슬머리 강사가 물어보았다.

"글쎄요."

"최선을 다했다는 게, 최상의 결과를 보장하지는 않는다는 거죠."

플라멩코 강사가 마구 웃었다.

콧김을 뿜으며 남훈 씨는 마늘빵을 포크로 콱 찍었다. 세 청년은 하나같이 파에야를 먼저 먹었다.

"으음 이렇게 질척…… 아니, 부드러운 파에야는 처음이네요."

카를로스가 말했다.

"한국식입니다, 한국식. 나는 그 단단한 쌀을 씹는 게 영 불편하더라고요. 생쌀을 오븐에 익히라고 요리법에는 나와 있습디다만, 나는 밥을 지어 만들었소."

"한국식 파에야라니. 그건 참 창조적인 생각이군요." 플라멩코 강사가 끼어들었다. "모든 파에야가 반드시 스페인 파에야 같아야 하는 것은 아니죠. 파에야의 정석은 스페인 파에야겠지만, 우리가 좋아하는 파에야는 각자의 마음에 있는 겁니다. 추억과 함께 있는 거지요. 그런데……"

플라멩코 강사가 고개를 갸웃했다.

"남훈 님, 이건 참 희귀한 요리로군요. 사프란을 넣은 김치파에야라니. 애당초 김치를 넣을 거였다면 사프란을 뺐어도 되지 않나요? 그러니까 제 말은 김치로 빨간색을 낼 거였다면 굳이 사프란을 넣지 않아도 됐다는 거죠. 어차피 같은 색이니까. 그리고 이 향은…… 남훈 님, 사프란으로 향을 낼 거였다면 김장 젓갈 냄새로 그걸 덮을 필욘 없지 않나요? 그러니까 이것은 마치…… 그래요, 꼭 홍어를 넣고 끓인 김치찌개 같군요."

붉으락푸르락 하는 남훈 씨의 얼굴을 보며 카를로스는 어쩔 줄을 몰랐다.

"느끼하지 말라고 넣은 겁니다. 거, 자네는 어때!"

늙다리 청년 쪽으로 남훈 씨가 화살을 돌렸다.

"전 괜찮습니다. 김치만 들어 있으면 뭐든지 다 좋아요."

"남훈 님, 지금 수업 시간도 아닌데, 김 형에겐 말을 낮추시고 그보다 어린 저희에게 존대를 하시니……. 그러지 말고 말씀 편히 놓으십시오."

카를로스가 말했다.

손사래를 치며 남훈 씨는 사양의 뜻을 표하려 했다. 하지만 그가 뭐라 하기 전에 플라멩코 강사가 똑같이 손사래를 쳤다.

"전 아닙니다. 한번 스승은 영원한 스승이거든요. 존칭을 포기한다는 건 권위를 포기하는 거고, 그건 책임을 포기하는 거죠. 전 제 학생들에 대해 항상 큰 책임감을 느끼고 있습니다."

'얄미운 놈 같으니!' 남훈 씨는 플라멩코 강사를 쏘아보았다.

묵묵히, 세 사람은 식사를 했다. 카를로스는 감바스만 먹고 늙다리 청년은 파에야만 먹는 식이었지만 어쨌든 모든 그릇이 다 비워졌다.

"고맙습니다. 이렇게 제 집에 와주고, 제 요리를 먹어줘서."

남훈 씨가 일어나 모히토를 들어 올렸다.

"여러분은 잘 모를 테지만…… 난 최근에 오래전 잃어버린 딸을 만났어요. 여러분 도움이 없었다면 그러기는 어려웠을 겁니다."

서로 눈치를 보며 세 청년은 말이 없었다. 그래도 그들은 각각 모히토 잔을 들어 남훈 씨와 진하게 건배를 했다. 그것이 참, 남훈 씨는 좋았다.

19. 내 인생은 나의 것

"스페인으로 여행을 가신다고요?"

늙다리 청년이 물었다.

"그래, 나는 꼭 거기서 플라멩코를 출 거야."

"하지만 스페인에서 춰야만 완벽한 플라멩코인 건 아니에요."

모히토를 홀짝이면서 곱슬머리 강사가 딴죽을 걸었다.

'이 녀석은 매사 고춧가루를 뿌린단 말야?' 슬그머니 고개를 돌려, 남훈 씨는 강사를 마주 보았다. 아니, 노려보았다.

"그렇기야 하죠. 하지만 난 행복할 겁니다. 적어도 그 답답한 강습소에서 연습만 하는 것보단." 남훈 씨는 자리에서 일어났다. "한번 상상들 해봐요. 스페인 거리에서, 그 사람들은 나를 볼 겁니다. 동양 어딘가에서 온 영감이 제법이라고 생각할 테죠. 기분이 내키면 리듬에 맞춰 손뼉을 쳐줄 거요. 운이 좋다면 스페인 무희가 장단을 맞추어줄 수도 있지."

두 팔을 들고 남훈 씨는 우아하게 스텝을 내디뎠다.

"어디선가 바람이 불고, 내가 한 번도 맡아본 적 없는 냄새가 날 겁니다. 그게 완벽한 플라멩코는 아닐지라도, 예! 나는 행복할 거요. 사실 난 완벽한 플라멩코 같은 건 생각도 하지 않아요. 그냥 플라멩코를 추고 흥분된 감정을 나누고 싶을 뿐. 그때 광장서 본 사람들은 돌아서면 그만일 테지만, 이따금 가족에게 말할 겁니다. '아, 그 동양 노인네 플라멩코를 추데. 진짜 신기한 광경이었어.' 그런 장면을 상상만 해도 나는 좋아요. 근데 진짜 끝내주는 게 뭔지 압니까, 선생? 그게 상상으로만 그치지는 않을 거라는 거요. 예, 나는 갈 겁니다, 스페인으로. 그게 바로 스페인어 문법이오. '주어-동사-목적어' 순서로 말하는 거지."

밋밋하던 플라멩코 강사의 낯이 벌겋게 구겨지는 걸 보고 남훈 씨는 흡족해졌다. 그는 의자에 다시 앉았다.

"나는⋯⋯" 플라멩코 강사가 입을 열었다. "강습소 문을 닫을 겁니다."

"아니 왜요?"

카를로스가 깜짝 놀랐다.

"코로나 때문이죠. 이제는 한계를 넘었어요, 빚이! 견딜 수가 없습니다."

순간, 남훈 씨는 '답답한 강습소' 운운한 것이 못 견디게 미안해졌다. 하지만 곧바로 사과하기도 애매한 타이밍이었다.

"조금 있으면 코로나가 끝날 텐데. 바이러스가 잡힌다고 뉴스에……."

남훈 씨가 얼른 말했다.

"나도 들었어요. 하지만 이미 한계를 넘었다고요. 사람으로 치자면, 제 강습소는 병들어 죽었습니다. 썩은 냄새가 폴폴 난다고요!"

플라멩코 강사가 고개를 푹 숙였다. 치렁한 곱슬머리가 함부로 출렁였다.

"그럼…… 앞으로 어떡할 생각이오?"

남훈 씨가 물었다.

"일단은 뭐라도 돈 되는 걸 해야죠. 이자는 내야 하니까."

"중장비를 배워보는 건 어때요?"

늙다리 청년이 끼어들었다.

"난 댄서예요. 춤을 출 겁니다. 반드시 그걸로 먹고살 거예요!"

늙다리 청년은 고개를 끄덕였다.

"말씀은 고맙습니다. 그 일이 어떻단 건 아녜요." 플라멩코 강사가 말했다. "그저 내 기술을 살리고 싶다는 거죠. 당장은 유튜브에 공연 영상을 올리려고 합니다. 운 좋게 구독자가 모인다면 새 길이 열리겠죠."

"그거 쉽지 않을 텐데요." 카를로스가 말했다. "우선은 온라인으로 영상 수업을 하면 어때요?"

"뭐, 그것도 방법이 되겠네요."

"그나저나 선생, 당장 끼니 때울 만한 거는 있소?" 남훈 씨가 물었다. "쌀을 좀 보내줄까요?"

"쌀이라니, 요새 그거 몇 푼이나 한다고요." 플라멩코 강사가 웃음을 터뜨렸다. "기왕 인심 쓰실 거 월세를 좀 내주십쇼. 빈방 있으면 거기를 좀 내주셔도 좋고."

뜻밖의 제안에 남훈 씨는 눈을 치떴다. 그건 좀 곤란하다고 말하려던 찰나 난데없이 초인종이 울렸다. 집주인이 일어날 새도 없이 도어록이 스륵 열렸다. 선아와 아내가 거실로 들어왔다.

"아니 왜 벌써 왔어?" 남훈 씨는 시계를 보고 두 사람을 다그쳤다. "손님들이 당황하잖아."

그러나 선아는 입술을 삐죽일 뿐 말이 없었다. 아내가 그런 선아의 옆구리를 쿡 찔렀다. 얼마간 쭈뼛대더니 선아가

슬그머니 카를로스의 곁으로 갔다. 묵묵히 있던 카를로스
가 조용히 일어섰다.

"뭐, 뭐냐!"

불길한 예감이 머리를 스쳐 남훈 씨는 가슴이 철렁했다.

"사귀고 있어요."

자그맣게, 선아가 이야기했다.

그들이 같은 대학에 다녔고, 벌써 오래전부터 사귀었다
는 얘기를 듣고 남훈 씨는 소파에 드러누웠다. 선아는 대
학 시절 영어를 배우다가 문법이 비슷한 스페인어에 흥미
를 느꼈다는 것이다. 둘이서 그렇게 인연을 맺었는데, 남
훈 씨가 스페인어를 배우겠다며 학원 물색을 부탁한 것이
마치 운명의 계시 같더라고 그 애는 말했다. 그러니까 카
를로스는, 처음부터 남훈 씨가 선아의 아버지인 걸 알았던
것이다.

"당신도 알고 있었어?"

남훈 씨는 매섭게 아내를 추궁했다. 어깨를 으쓱일 뿐 아
내는 말이 없었다.

"설마 벌써 결혼 같은 걸 하려는 건 아니겠지!"

남훈 씨가 소리쳤다.

"하고 싶습니다."

카를로스가 말했다. 앉은자리에서 남훈 씨는 펄쩍 뛰었다.

"자네, 지금 애 나이가 몇인 줄 아나? 스물넷이야, 스물넷. 배낭여행도 가봐야 하고 연애도 더 해봐야 하고……. 앞날이 창창한데!"

"늦게 애 낳으면 고생해요. 젊을 때 키워야지. 애들 직업도 안정되고 좋은데."

아내가 끼어들어 남훈 씨 속을 뒤집어놨다.

"당신! 그렇게 바람 넣지 마. 그리고 자네! 행여 스페인으로 이주할 생각은 꿈에도 말게. 그렇다고 지금 결혼을 허락한다는 건 아니야! 절대로 아니지!"

남훈 씨가 단단히 못을 박았다.

"사실…… 아버지의 허락은 필요 없죠. 두 성인이 결혼하는데." 플라멩코 강사가 끼어들었다. "어떻게, 결혼식은 스페인 스타일로? 연주자나 무용가가 필요하면 내가 소개해줄 수 있어요."

"저는 딱히 도와드릴 게 없네요."

늙다리 청년이 말했다.

"돕기는요. 와서 축하해주고 맛있는 식사하세요."

아내가 말했다.

"저…… 스페인 요리가 나올까요?"

늙다리가 다시 물었다.

"아, 글쎄 결혼을 허락한 게 아니래도!"

남훈 씨가 소리쳤다.

"다 그렇진 않을 겁니다." 카를로스가 말했다. "골고루 해야죠, 골고루. 김치는 꼭 준비할 테니 걱정 마세요. 배추, 무, 쪽파……. 여러 종류로 준비할 겁니다."

상황이 상황이니만큼, 플라멩코 강사와 늙다리 청년은 집으로 갔다. 남훈 씨는 거실 소파에 앉아 두 연인을 노려 보다 선아가 자신의 눈치를 보며 불편해하는 걸 알아챘다. 요사이 서로 소원했기에 그는 선아가 자기 눈치를 본다는 것만으로도 긴장이 느슨해졌다.

"그래, 이젠 아빠하고 얘기를 하기로 했냐?"

선아가 지그시 고개를 끄덕였다.

"왜, 결혼하려고? 그 허락 받게?"

"그렇기도 하지만…… 전부터 생각했어. 이상하다고."

"뭐가?"

카를로스의 눈치를 볼 뿐 선아는 말이 없었다.

"답답하다. 뭐야?"

"실은, 들은 말이 있어."

"무슨?"

"아빠가 첫 수업 나가고 얼마 안 돼서 이 사람이 나한테 묻는 거야. 언니가 있냐고."

"아니, 왜?"

남훈 씨는 놀라서 카를로스를 쳐다보았다.

"'Tengo hijas.(내게는 딸들이 있어.)' 아버님이 자기소개를 하면서 그렇게 말하셨어요. 'hija(딸)'가 아니라 'hijas(딸들)'라고. 그때 선아는 자기에게 언니가 없다고 했죠. 그래서 그냥 단수 표현을 실수하셨나 보다 생각했습니다."

카를로스가 말했다.

"그런데 얼마 전에, 인터넷을 하다가 검색 기록을 봤어."

선아가 말했다.

남훈 씨는 자신이 딸의 컴퓨터로 무엇을 조사했는지 되짚어본 뒤 얼굴이 샛노래졌다.

"이상하다고 생각했지만 물어볼 수 없었어. 너무 겁났고…… 엄마가 모르고 있다면 큰일이니까. 그래서 침묵을 지켰어. 하지만 그게…… 결국은 진실이었지."

선아의 작은 얼굴이 달아올랐다. 배신감과 분노, 슬픔 따위가 그 속에 섞여 있었다.

"난 무척 혼란스러웠고 상황 자체를 이해하기가 어려웠어. 우리 반 학생 중에 비슷한 가정에서 커온 아이가 있는데…… 늘 나는 그 아이에게 말했지. '혼란스러워할 거 없어. 넌 소중한 존재고 부모님은 널 사랑하신다.' 하지만 그게 내 얘기가 되고 보니까 정말 그런지 모르겠더라."

"근데 왜 마음이 풀렸어?"

남훈 씨가 물었다.

"다 풀린 거 아니야. 아빠가 어떤 사람인지 아직도 모르겠어. 하지만……"

고개를 들어 선아가 카를로스를 보았다. 그들은 서로 손을 잡았다.

"이 사람이 말했어. '아버님은 책임을 다하려고 하시는 거야. 세상에는 그러지 않는 아버지들도 많아. 선아 아버지는 좋은 분이야.'"

콧날이 시큰해 남훈 씨는 차마 두 사람을 볼 수 없었다.

"스페인에 계신 아버지를 만나고 나서, 이 사람은 행복해졌대. 그 언니도…… 그래야겠지. 아빠가 건강하게 살아 있기만 하면, 어떤 모습이라도 나는 좋아. 아빠가 쓰러졌을 때를 생각하면······."

선아는 더 이상 말을 못 했다.

"그래도, 그렇지만, 그렇게 이른 나이에 결혼하는 건······." 남훈 씨가 주저하며 말을 얹었다. "끝이 꼭 좋지만은 않을 수 있어."

선아는 단호히 고개를 흔들었다.

"늘 생각했어요. 엄마랑 아빠가 일찍 만났다면 어땠을까. 그랬다면 생물학적으로 내가 이 세상에 태어날 일은 없었을지도 몰라. 하지만 난 믿어요. 두 분은 잘해내셨을 걸."

미소를 지으며 아내가 선아의 어깨를 어루만졌다.

"혼자서 멋지고 아름답게, 그런 삶을 난 몰라요. 혼자 있고 싶을 만큼 둘이라서 괴로운 적도 없고. 아무리 멋진 삶도 혼자서는 좋을 것 같지 않아. 나는 엄마처럼 좋은 엄마가 되고 싶고, 엄마처럼 좋은 아내가 되고 싶어요."

뒷말이 덧붙지 않는 걸 알고 남훈 씨는 섭섭한 마음이 들었다.

"무엇보다······ 인생의 좋은 때를 사랑하는 사람과 보내고 싶어." 선아가 카를로스와 눈을 맞췄다. "이 사람이랑 나랑 가장 예쁘고 건강할 때 다양한 추억을 만들고 싶어요. 그랬다가 먼 훗날 할머니 할아버지가 되면 매일매일 꺼내 볼 거야. 그러니까 아빠 내 말은,"

"네 말은?"

"내 인생은 내 거라고요."

선아가 말했다.

20. 플라멩코 추는 남자

　새해 첫날, 남훈 씨는 스페인 여행을 위해 짐을 꾸렸다. 한국의 10월과 비슷하다는 안달루시아 지역 날씨에 맞춰, 그는 수제 정장과 중절모, 구두 그리고 긴 양말을 가방에 챙겨 넣었다. 고급스러운 울 재질의 감색 양말은 카를로스가 선물한 것이었다.

　"맞춤 정장을 챙겨 가신다 들었습니다. 혹시 긴 양말을 갖고 계세요?"

　지난 주말 집으로 찾아와 카를로스가 물었다. 그는 선아와 자그만 예식장을 둘러보고 온 참이었다.

　"긴 양말?"

　"네, 무릎까지 오는 거요."

　"그건 스타킹이잖나. 사내가 망측하게!"

　남훈 씨는 혀를 찼다.

　"서양 사람들은요, 정장 입은 남자의 살갗이 드러나는 걸 극도로 싫어합니다. 마치 허리띠 위로 팬티가 보이는 것처럼 좋지 않게 생각해요. 그런 사람을 보면 예의를 갖추지 못했다고 여기죠."

"그래? 하지만 그런 건 갖고 있질 않아."

불안한 듯 남훈 씨가 가족을 둘러보았다.

"그러실 줄 알고 제가 준비했습니다."

카를로스는 가방을 뒤져 고급스러운 상자 하나를 끄집어냈다.

"뭐, 이런 걸."

"선아 씨가 정장 사진을 보내줘 색깔을 맞춰봤어요. 스페인 가시면 꼭 챙겨 신으세요."

가볍게 저녁을 먹고 공항 가는 길. 어둑한 하늘에서 싸라기눈이 조금 날렸다. 운전대를 잡은 아내가 비행시간에 늦으면 어쩌느냐고 조바심을 냈다.

"세 시간이나 미리 출발했잖아요. 걱정 마세요, 엄마. 그나저나 지금 스페인은 어떤 풍경일까? 말라가 공항에 내리자마자 낙엽 냄새가 풍겨올까요?"

조수석에 앉은 선아가 수선을 피워댔다.

"아마도 바다 냄새가 날걸. 그 근처에 있으니까."

남훈 씨가 말했다.

"아!"

두 손으로 제 어깨를 안고 선아는 바르르 몸을 떨었다.

"그럼, 닷새 뒤에 만나요."

공항 앞에서 아내가 말했다. 추우니 얼른 닫으라는데도 선아는 창밖으로 한동안 손을 흔들었다.

"잘 다녀와요, 아빠! 우리 잊지 말아요!"

"원, 바보 같은 소리."

멀어지는 차를 향해 중얼대고 남훈 씨는 한숨을 푹 쉬었다. 커다란 가방을 질질 끌면서 그는 건물 안으로 갔다. 밤 9시. 시계탑 아래 보연이 서 있었다.

해외여행이 처음인지라 남훈 씨는 설레고 또 불안했다. 수하물 맡기는 거며 승강장 입구 찾는 것을 실수 없이 해내기 위해 그는 공항 구조도를 여러 번 봤다. 하지만 막상 공항에 들어서고 또 탑승 절차를 밟으려니까 어디가 어디인지 눈앞이 캄캄했다. 겨우 탑승한 비행기 안에서 안내 방송을 듣기까지는 잘못된 비행기에 탄 게 아닌지 신경이 쓰였다. 이스탄불에 내려 환승할 일을 떠올리기만 해도 속이 메스꺼웠다.

"아빠, 구두 벗고 이거 신어." 보연이 좌석 어딘가에서 슬리퍼를 꺼내 들었다. "이스탄불까지 열한 시간, 말라가까지 일곱 시간이야. 종아리며 허리며 저려올 테니 각오하라고."

"까짓것, 잠자면 된다."

남훈 씨가 큰소리쳤다.

"어휴, 내가 돈 보탠다니까. 비즈니스석 탔음 훨씬 편했
지."

"야 이놈아 그 돈 차이가 얼만데! 돈 무서운 줄 모르면
늙어 고생해!"

보연은 그 말을 듣고 대차게 코웃음 쳤다.

"그래요? 어디 견뎌보셔. 당장 네 시간만 지나도 아빠가
더 늙을 수나 있을지 걱정되기 시작할걸? 자, 여기 봐요."

앞좌석에 달린 모니터를 켜고 보연은 영화 보는 법과 헤
드셋 사용하는 법을 꼼꼼히 알려주었다.

"넌 이런 걸 잘 아는구나."

이마를 긁적이면서 남훈 씨가 중얼댔다.

"월급 받아 뭐 해? 해외여행이나 다녀야지."

깜짝 놀라, 남훈 씨는 보연을 쳐다보았다.

"너 그럼…… 스페인도 가봤니?"

보연이 고개를 가로저었다.

"그럼 어딜 가봤어?"

"대만, 홍콩, 베트남, 인도네시아. 뭐 그 정도."

활주로를 벗어나 비행기가 떠오른 순간, 남훈 씨는 두 눈을 꽉 감았다. 보연이 깔깔 웃으며 남훈 씨의 손을 쥐고 거세게 흔들었다. 그래도 남훈 씨는 눈을 못 떴다. 그리고 어느 순간 그는 기절하듯 잠이 들었다.

깨어나 보니 주위가 고요했다. 깊은 밤 침실처럼 기내는 어두웠고, 보연은 영화를 보다 잠들었는지 헤드셋을 낀 채 눈을 감고 있었다. 조심조심, 남훈 씨는 보연의 머리에서 헤드셋을 벗겨냈다. 승무원이 다가와 필요한 게 있는지 물어보았다. 남훈 씨는 얼음물 한 잔을 가져다주면 고맙겠다고 이야기했다.

'뭐? 내 인생은 내 거야? 괘씸한 것!'

슬슬 긴장이 풀리자 남훈 씨의 머릿속에서 지난 일이 떠올랐다. 쥐면 꺼질까 불면 날까 키워놓아도, 아비란 고작 그런 말이나 듣게 되어 있는 것이다.

'하지만 카를로스는 괜찮은 녀석이야. 요즘 젊은 애들은 결혼을 꺼리는데, 행여 선아가 그런 태도를 고수한다면 대단한 걱정 아냐? 우리 내외가 세상을 뜨고 그놈 혼자 살 생각하면 눈앞이 캄캄하다고. 하지만 말야. 그래도 그렇지, 그 어린 나이에 결혼을 해? 아니 요새 누가 그 나이에 결혼을 해?'

속이 끓어, 남훈 씨는 얼음을 씹어 삼켰다. 비행기 어디
선가 어린애가 칭얼거렸다.

'아기? 그래, 선아가 결혼을 하면 아기가 생길 거다.'

남훈 씨의 심장이 쿵쿵 뛰었다.

'하긴, 꼬부랑 할아비가 된 담에 손주를 안으면 뭘 해?
돈푼이나 벌 때 손주를 봐야 사탕이라도 쥐여주지…… 그
러나저러나, 고놈 참 이쁘겠다.'

태어나지도 않은 아기의 얼굴을 그려보며 남훈 씨는 실
실 웃었다. 그러면 아내는 얼마나 좋아할까. 평생 아이 하
나 낳은 게 큰 복이라고 입버릇처럼 말하던 사람. 자기도
모르게 남훈 씨는 아내의 그 너부데데한 얼굴을 떠올렸다.

두 달 전, 카를로스의 어머니와 상견례를 마친 밤. 침실
에 누워, 그는 모처럼 아내에게 팔베개를 해주었다.

"전에 라디오에서 들었는데 말야. 코로나 변이가 잡힐
수도 있대. 그러면 나라에서 해외여행을 다시 하도록 해준
다는군."

"하지만 정말로 그렇게 될진 가봐야 알지."

아내가 입을 벌리고 하품을 했다. 언제부터인가 손으로
입을 가리는 것도 귀찮아진 모양이었다.

"그래, 하지만 진짜 여행이 재개되면, 그때는 스페인에 가고 싶어."

남훈 씨는 아내의 목에서 팔을 빼냈다. 그는 손으로 턱을 괴고 아내의 얼굴을 들여다봤다.

"그래서 말인데…… 그 애하고 나하고 시간이 필요해. 우리만의 장소에서."

무슨 말일까? 아내는 혼란스러운 눈치였다.

"당신하고 나는 다음에 가자. 그 애랑 먼저 가서 좋은 곳 알아둘게."

하품을 하던 아내의 얼굴이 서서히 이지러졌다. 돌아누운 아내가 조용히 "그래요" 하고 말했다.

"미안해, 당신 혼자 힘들게 일하는데." 손을 뻗어, 남훈 씨가 아내를 보듬었다. "이 여행 끝나면 당신 일 그만둬. 내가 다시 일할게."

"그만두라고요?"

놀란 토끼 눈을 하고 아내는 일어났다.

"당신, 내가 왜 요양원에서 일하는지 알고 그래요?"

"왜긴, 돈 벌려고 그러지."

아내는 한숨을 푹 쉬었다.

"단지 돈 때문이면 다른 일 해도 돼요. 청소를 해도 되고 요리를 해도 되고."

남훈 씨는 멍하니 뒷말을 기다렸다.

"공무원 정년 마치고, 실은 보육원에서 일하려 했어. 당신 그 애…… 때문에."

그 말을 듣고서는 남훈 씨도 가만히 누워 있을 수가 없었다. 아내는 고개를 숙이고 이불귀를 잡아 뜯었다.

"우리 선아 생기고, 나 그 애 볼 자신 없어 말 못 했어요. 당신 딸 있는 거 안다는 말. 그래서 언젠가 퇴직을 하면, 아버지 없는 애들 위해 봉사해야지 생각했어. 근데 정말 그런 시간이 닥치고 보니, 그 애 돌보지 않고 다른 애들 돌보며 그 빚 씻겠단 생각…… 역겹더라."

한국말인 건 알겠는데 도무지 무슨 뜻인지 남훈 씨는 알 수 없었다.

"나는 나한테, 아니 우리한테 봉사를 하고 있어요." 아내가 말했다. "선아가 없었으면 우리끼리 늙었겠지. 매일 선아 보면서 나 그 생각해요. 이 애가 없었으면 내가 지금 어떤 모습일까. 또 어떻게 늙어갈까."

고개를 들어, 아내가 남훈 씨와 눈을 맞췄다.

"이봐요, 만약 우리가 쓸쓸하게 늙었는데 우리를 보살펴줄 자식이 없으면 얼마나 서러울까? 그런 생각을 하면서

나는 요양보호사 자격증 땄어. 그래서 계속 일하는 거예요,
여보. 나는…… 이기적인 여자야."

"아냐, 절대 안 그래."

두 팔을 뻗어, 남훈 씨는 아내를 따뜻이 다독였다.

"내년에 우리 스페인 간다. 꼭 가. 기대하라고."

백신접종을 마친 사람에게는 해외여행이 허가된다는 뉴
스를 보고, 남훈 씨는 당장 여행사로 갔다.

"유명 관광지만 돌아다니세요. 아직 코로나 영향이 남아
있어 혹 모르거든요. 아시죠? 동양 사람들 이따금 공격당
하는 거. 뉴스에서 보셨죠?"

고개를 끄덕이면서 남훈 씨는 담담한 체했다. 아닌 게 아
니라 그런 일을 뉴스에서 여러 번 봤다. 동양 노인이 서양
청년에게 얻어맞는 장면은 참혹하고 끔찍했다. 그가 망설
이는 걸 눈치챘는지 여행사 직원이 재빨리 말을 보탰다.

"유명 관광지는 괜찮아요. 그런 도시는 관광 수입으로
먹고사니까. 누구든 여행객에게 못되게 굴면 사람 취급 못
받죠. 그냥 조심하시란 거예요. 눈치가 이상하다 싶으면 식
당이나 카페같이 사람 많은 데로 들어가고, 가급적 마스크
는 쓰지 마세요. 서양 사람들은 눈이 아니라 입 모양으로

상대의 마음을 확인합니다. 그러니까 마스크를 쓰면 사람 마음을 못 읽어요. 불안해하죠."

여행사 직원은 서랍을 열고 종이 한 장을 꺼내 들었다.

"스페인 주재 한국대사관 번호예요. 그 밑에 있는 건 현지 경찰서 전화번호고. 그 아래 있는 건 스페인어로 도와달라는 뜻이에요. 혹 문제가 생기면 전화를 해서 계신 장소를 대고 이렇게 말하세요. '¡Ayúdame!(도와주세요!)' 따라 해보세요. '아유다메!'"

재촉하는 직원을 빤히 보다가 남훈 씨는 조용히 한마디 했다.

"Yo me encargaré.(내가 알아서 할게.)"

그런 다음 그들은 계약을 체결했다.

스페인의 1월은 포근한 가을 같았다. 한밤중 공항에 도착했을 땐 제법 쌀쌀해 재킷을 걸쳤지만 낮에는 셔츠 하나만 입고도 다닐 만했다. 지구라는 행성이 얼마나 입체적인가 체감하며 남훈 씨는 자그마한 감동을 느꼈다. 그는 오랫동안 너무 편협하게 살았다는 생각을 했다. 마중 나온 밴에 올라타 연신 다리를 주무르면서 남훈 씨는 깊은 밤 호텔에 도착했다. 본격적인 관광은 다음 날부터 하기로 했다.

"짐 풀면 아빠 방으로 와. 시원한 거 마시며 야경이나 보자."

그렇게 말하고 남훈 씨는 자기 방 침대에서 잠시 쉬었다. 그러고는 그만 아침까지 자버렸다.

말라가에서 그라나다까지 버스를 타고 이동해 알람브라궁전을 구경하는 게 그들 부녀의 첫 일정이었다. 새벽같이 일어나 몸단장을 하며 남훈 씨는 몇 번이나 맞춤 정장을 들었다 놨다 했다. 같이 오지 못한 아내 생각에 기분이 좋지 않았다. 그는 정장 대신 선아가 챙겨준 하늘색 셔츠에 면바지를 입었다. 비행기 좌석에 나란히 앉을 땐 안 그랬는데, 밝은 날 보연의 얼굴을 보니 어색하기 짝이 없었다. 버스에 앉은 내내 한마디 말도 없이 그들은 그라나다로 갔다. 남훈 씨는 목에 사진기를 걸고 궁전 여기저기를 찍었다. 멋져서 그랬다기보다는 보연의 눈을 마주치는 게 겸연쩍은 탓이었다. 보연도 비슷한 기분인지 휴대폰으로 연신 사진만 찍어댔다.

이튿날, 그들은 세비야로 가 대성당을 둘러봤다. 세계에서 세 번째로 큰 성당이라더니 가히 압도될 만한 규모였다. 남훈 씨는 종교시설이라기보다 요새 같단 느낌을 받았다. 그건 수없이 솟은 첨탑들 탓인 듯했다. 남훈 씨는 자신이 받은 인상을 사진기에 담으려고 애썼다. 하지만 우중충한 날씨 때문에 그런 느낌이 나질 않았다. 성당이 자꾸 감옥처럼 보여 남훈 씨는 속이 상했다. 갑자기 소나기가 퍼부어 그는 외부 촬영을 포기하고 보연과 함께 성당 안으로 갔다. 황금 조각상 가득한 제단이 그의 눈을 사로잡았다. 그 앞에서 남훈 씨는 경탄보다도 공포를 느꼈다.

'이 많은 황금은 대체 어디서 왔을까? 누가 다 실어 날랐지? 굴착기도 없었을 텐데.' 그는 그러한 것을 궁금해했다.

여행 3일째, 세비야에서 마드리드까지 한 시간 남짓 비행기로 이동한 부녀는 스페인 광장에 갔다. 남훈 씨가 이번 여행에서 가장 고대한 곳이 있다면 바로 이곳이었다. 그는 내년에 아내와 함께 그 멋진 광장을 산책한 뒤 운하에서 작은 배를 탈 생각이었다.

"가만, 이렇지가 않은데? 스페인 광장은 반달 모양이야."

이맛살을 찌푸린 채 남훈 씨는 돈키호테 동상 근처를 이리저리 서성였다.

"이 노천탕 같은 웅덩이는 또 뭐야. 그 물은 훨씬 더 넓고 길다고!"

뭔가 이상하다는 걸 눈치챘는지 보연이 잽싸게 휴대폰을 꺼내 들었다.

"아빠, 스페인에는 스페인 광장이 많아. 아빠가 가려던 데는 마드리드의 스페인 광장이 아니라 세비야의 스페인 광장이야. 오늘 아침 우리가 있던 데 말야."

순간, 남훈 씨의 몸에서 긴장이 확 풀렸다. 여행에 대한 자신감이 댕강 꺾였다. 보연이 그런 그를 설득해 돈키호테 동상 앞에서 사진을 몇 장 찍어주었다.

'아내와 올 때는 세비야의 스페인 광장으로 갈 것. 마드리드가 아니라.'

메모장을 펴고 남훈 씨는 썼다. 그러는 동안 보연이 제 아비를 놀리며 낄낄 웃었다.

"그래도 기왕 여기까지 왔잖아." 휴대폰을 들여다보며 보연이 말했다. "산 미겔 시장이라는 데가 볼만하대. 아빠, 거기 갈까?"

그렇게 해서 부녀는 의도치 않게 마드리드 도심을 산책하게 되었다. 거기부터 길 안내는 보연이 맡기로 했다. 자로 잰 듯 반듯한 대로에 들어서 그들은 레고로 지은 듯 단정한 사바티니 정원을 거닐었다. 희고 길쭉한 케이크 모양의 마드리드 왕궁을 가로지를 때 남훈 씨는 플라멩코를 추는 한 쌍의 남녀를 봤다. 한 무리 악단이 그들 뒤에서 연주를 하고 있었다. 흥미를 느끼고 다가갔으나 남훈 씨의 마음은 이

내 심드렁해졌다. 그는 그날도 맞춤 정장을 꺼내 입지 못한 것이다. 춤추는 사람들을 그는 묵묵히 보기만 했다. 보연도 남훈 씨 곁에서 느릿느릿 손뼉만 쳤다.

그들은 첨탑 세 개가 있는 성당 맞은편으로 방향을 틀었다. 높고 빽빽한 상가 사이를 걷다 보니 산 미겔 시장이 모습을 드러냈다. 한국의 재래시장처럼 천장이 덮여 있고 수많은 사람이 들끓는 곳이었다.

'이런 데 오고 싶었던 게 아니야. 나는 광장에 가고 싶었다고.'

남훈 씨는 단박에 흥이 깨졌다. 그런 그의 마음을 아는지 모르는지 보연은 여기저기를 헤집고 돌아다녔다.

"아빠 배 안 고파? 우리 타파스 먹자. 여러 종류의 타파스를 싼 값에 먹는 게 스페인 여행의 필수 코스래."

"타파스가 뭔데?"

보연은 온갖 종류의 먹을거리들이 즐비한 시장을 사진으로 찍어댔다.

"응, 그건 일종의 전채 요리야. 제대로 된 식사를 하기 전에 먹는 건데, 햄이나 치즈 같은 걸 빵에 올리거나 양파를 튀긴 것. 아무튼 종류가 엄청 많아. 값이 싸고. 그래서 다양하게 맛볼 수가 있는 거지."

"하지만 여긴 좀 그렇지 않니? 정신이 없어."

남훈 씨는 말없이 시장을 빠져나갔다. 밝게 뚫린 하늘을 보자 기분이 좀 나아졌다. 그래도 보연이 채근을 해서 노천의 타파스 식당에 앉아 늦은 점심을 먹기로 했다. 남훈 씨는 보연에게 메뉴 선택을 맡겼다. 그리하여 자그마한 식탁 위에는 차가운 토마토수프와 감자오믈렛, 오징어튀김, 바게트와 하몽을 꿴 작은 꼬치, 올리브와 연어와 바게트를 꿴 꼬치 그리고 마지막으로 새우감바스가 빼곡히 차려졌다. 그 자그마한 감바스 접시를 보고 남훈 씨는 미간을 찌푸렸다.

'이것은 전채 요리였구나. 난 그것도 모르고.'

넓은 팬에 빼곡히 튀겨냈던 자신의 새우감바스가 떠올라 그는 부끄러워졌다. 그래서일까? 그는 특별한 맛을 느끼지 못했고 속이 좀 더부룩했다. 소화제를 호텔 방에 두고 온 걸 깨닫고 탄산수를 마셨지만 소용없었다. 그들은 다시 골목을 걸었다. 꽃병이며 마그넷 따위를 파는 기념품 가게 앞에서 보연의 발이 멈췄다.

"아빠, 이거 어때? 하나 살까?"

보연이 알록달록한 꽃병 하나를 손으로 가리켰다.

"응, 그래라."

남훈 씨는 심드렁히 답했다.

"우와 이거 맛있겠다. 아빠 우리 아이스크림 먹자."

아내에게 보여줄 사진들을 찍으며 남훈 씨는 돌아보았다.

"너 먹어. 난 이가 시려서."

"아빠 그럼 커피는 어때? 이 카페 인테리어가 참 예뻐."

"방금 밥 먹었잖니. 그런 데다 무슨 돈을 써."

불룩한 배를 문지르며 남훈 씨는 계속 걸었다. 창가며 화단에 이국적인 꽃들이 잔뜩 핀 걸 보고 그는 연신 사진을 찍었다. 화초는 아내가 무척 좋아하는 것이어서 남훈 씨는 마음이 들떴다. 이다음에 아내와 여행할 계획으로 그의 수첩은 빼곡히 찼다. 하지만 점점 배 속이 부대끼고 무릎이 저려왔다. 하는 수 없이, 그는 숙소에 돌아가기로 마음먹었다. 그러나 골목 어디에도 보연의 모습이 보이지 않았다.

'얘가 어딜 갔어?'

피곤과 짜증이 섞인 채 남훈 씨는 골목을 둘러봤다. 서양인들 틈에서 보연의 얼굴이 눈에 띌 줄 알았는데 그렇지 않았다. 보연인가 하고 보면 낯선 일본인이거나 중국인이었다. 그는 점점 당황해 발걸음을 빨리했다. 처음에는 "애야." 하고 조용히 부르다 나중에는 "보연아!" "허보연!" 하고 크게 외쳤다. 해가 서서히 지려고 해 남훈 씨는 겁이 났다. '그 애는 스페인어를 못 하는데, 이 낯선 데서 길을 잃으면 어떡하지? 행여 동양인을 미워하는 사람이라도 만나면?'

보연의 전화가 불통이어서 남훈 씨는 두 발이 부르트도록 골목을 돌고 돌았다. 모두 비슷하게 생긴 골목이어서 어디가 어딘지 구분이 되지 않았다. 그는 휴대폰을 열어 지도를 보고 몹시 놀랐다. 그곳은 마드리드의 번화한 중심가였다. 마치 홍대 거리나 종로 한복판에서 아이를 잃은 것처럼 남훈 씨는 얼이 빠졌다. 한참을 멍하게 있다가 그는 이성의 끈을 잡고 오던 길로 되돌아갔다. 어쩌면 보연은 산 미겔 시장에 있을지도 몰랐다.

'아까 거기서 이것저것 구경하고 싶어 했지.'

남훈 씨는 그제야 그 일이 마음에 걸렸다. 하지만 거기에도 보연은 없었다. 파김치가 된 상태로 이국의 거리를 맴돌다 남훈 씨는 기적처럼 보연을 발견했다. 그 애는 자그만 성당 앞에 쪼그려 앉아 오가는 사람을 멍하니 보고 있었다.

"이놈의 계집애! 여기서 뭘 해? 아빠가 얼마나 찾았는지 알아!"

남훈 씨는 불같이 성을 냈다. 하지만 보연은 말이 없었다.

"애도 아니고 왜 이러고 있냐, 응? 아빠 전화번호 몰라? 길 잃었으면 전화를 해야지!"

해쓱한 얼굴로 보연은 천천히 고개를 흔들었다.

"뭐 하러 왔어?"

"뭐 하러 왔냐니. 네가 없어졌으니까!"

"그걸 언제 알았는데?"

"그야 아까."

보연은 또다시 고개를 가로저었다.

"틀렸어. 34년 전에 없어졌잖아."

남훈 씨의 가슴이 철커덕 내려앉았다.

"같이 여행 좀 왔다고 해서, 나를 다 찾은 것 같아?" 차가운 눈으로 보연이 쏘아보았다. "난 말이지. 아빠의 뒷모습을 보고 있었어. 아까 저 근사한 골목에서. 내가 따라가지 않는데, 언제쯤 나를 돌아볼까 기다렸지. 그런데…… 돌아보지 않더라. 그리고 골목 안으로 휙 사라졌어."

미안한 마음에 남훈 씨의 입이 말랐다. 보연이 계속 말했다.

"잠시, 따라갈까 생각했지. 그런데 아니, 그러지 말잔 생각이 들더라고. 왜냐하면…… 그런 느낌이 들었거든. 아빠는 나를 조금도 사랑하지 않는다."

"아니야!"

"그 말을 믿고 싶지만, 난 더 이상 어린애가 아니야. 잘 들어둬. 난 아빠의 새 가정을 위한 시험용 인생이 아니라고."

'시험용이라니! 이 애는 어쩜 이렇게 무서운 말을 잘할까! 정말이지 제 엄마랑 판박이다.'

무섭고 억울해 남훈 씨는 화가 났다. 하지만 치솟는 분을 누르고 그는 보연의 얼굴을 바라보았다. 험한 말을 뱉어내면서 표정은 한없이 차분한 보연을 보자 남훈 씨의 마음이 가라앉았다. 그는 어쩐지 그 얼굴이 익숙했다. 플라멩코 강사의 표정도 늙다리 청년의 표정도 종종 그럴 때가 있었다. 문득 남훈 씨는 보연이 되어, 보연의 눈으로 자신의 뒤를 따라갔다. 아침부터 오후 내내. 그러자 비로소 눈이 뜨였다.

"미안해, 아빠가 잘못했다." 한 걸음 다가서며 남훈 씨가 말했다. "하지만 너를 무슨 시험용으로 생각했다는 것은 사실이 아니야. 그런 말은…… 마음 아프다."

"그래?"

"그래."

남훈 씨를 빤히 보다가 보연은 고개를 숙였다. 소리 없는 눈물이 그 애의 옷소매를 적시고 있었다.

"아빠가…… 나를 버린 줄 알았어. 누구하고도 말이 통하지 않는 세상에, 나를 완전히 떼버리러 온 줄 알았어. 이번에는 자발적으로 떨어져 나가게 하려고 여기로 날 데려와 관심도 주지 않는 거라고."

어깨를 떨며 우는 보연의 모습이 남훈 씨의 눈에 또렷이 들어왔다. 낯선 여자에게 느껴졌던 거리감이 사라지고, 그는 지금 우는 사람이 자신의 딸이라는 걸 가슴으로 느꼈다. 마흔 살이 아니라 여섯 살이 된 보연 곁으로 남훈 씨는 다가갔다. 그는 딸의 어깨를 포근히 안아주었다.

"아빠 안 그래. 아빠 우리 보연이 다시는 안 놓친다. 얼마나 걱정했다고!"

그러자 소리 내 엉엉 울면서 보연이 그의 목을 끌어안았다. 지나가는 관광객들이 그 모습을 흘끔거렸다.

그 밤, 부녀는 호텔로 돌아가 룸서비스를 신청했다. 마드리드 시내 야경이 한눈에 보이는 발코니에 나란히 앉아 음료를 마셨다. 보연의 것은 와인에 자몽 과즙을 넣은 상그리아였고 남훈 씨의 것은 포도주스에 자몽 과즙을 넣은 무알코올 소다였다.

"보연아, 너 상그리아가 무슨 뜻인 줄 아니?"

남훈 씨가 물었다.

"글쎄."

보연이 고개를 가로저었다.

"상그리아는 '피'를 뜻하는 라틴어 '상귀스'에서 온 말이야. 생명이나 활력 같은 걸 뜻하지. 이걸 마시면 우리도 생명과 활력의 기운을 찾을 수 있을 거다. 이 새로운 땅에서 말야."

"아빠, 굴착기 기사라면서. 그런 것도 알아?"

보연이 씩 웃었다.

"이놈. 내가 굴착기 기사지, 굴착기냐?" 남훈 씨는 괜히 헛기침을 했다. "아빠가…… 공부한 거야. 너 알려주려고."

보연은 깜짝 놀랐다. 누군가가 자신을 위해 공부했다니. 그런 말은 처음이었다. 특히나 엄마는 한 번도 그런 적이 없었다. 물론 보연은 엄마가 자신을 위해 애썼다는 것, 자기 능력 안에서 최선을 다했다는 걸 인정했다. 하지만 엄마는 늘 TV에서 본 얘기만 늘어놓았다. 어떤 연예인의 인생 역정이나 홈쇼핑에서 약을 파는 떠버리 의사 얘기들. 물론 그런 것도 도움이 될 때가 있기는 했다. 문제는 엄마의 '대화'라는 게 일방적으로 떠드는 것이라는 점이다. 그 내용은 대체로 단순한 정보 전달 아니면 넋두리였다. 30분이건 두 시간이건 떠들고 싶은 만큼 떠들면 엄마의 '대화'는 끝이 났다. 보연이 끼어들 틈은 없었다. 그래서 보연도 오랫동안 그런 게 '대화'인 줄 알고 살았다.

"나는 알고 있었어. 아빠가 이런 사람인 줄." 보연이 웃었다. "엄마는 맨날 내 앞에서 아빠를 욕했지만, 난 그걸 믿은 적 없어."

'날 욕했다고?' 남훈 씨는 깜짝 놀랐다. '그러는 네 엄마는 어땠는지 아냐? 말도 마라!' 막 변론을 하려고 그는 입술을 들썩거렸다.

"엄마한텐 비밀이야, 아빠랑 여행 온 거." 보연이 말했다. "이 사실을 알면, 엄마는 분해서 기절할걸!"

"분해? 어째서?"

"엄마는 매일 나한테 아빠를 욕하고 흉보면서도 엄청 겁냈어. 자기가 고생고생 나를 키웠는데, 나중에 아빠 찾아서 가버릴까 봐. 왜 그런 생각을 했을까? 지금 생각하면 엄마도 알았나 봐. 자기가 나한테 상냥하지 못하단 거. 근데 밖에서 일하고 와 나한테까지 잘하자니 너무 힘들고, 그렇다고 막 하자니 고생한 대가도 없을 것 같았겠지."

남훈 씨는 가만히 뒷말을 기다렸다.

"엄마가 아빠를 욕하는 게 나는 싫었어." 어깨를 움츠리고 보연이 고개 숙였다. "아빠가 좋아서 그랬던 건 아니야. 그야 아빠가 잘못한 게 있을 수도 있고, 엄마 말이 다 사실일 수도 있지. 하지만 어쨌든 내 반쪽은 아빠한테서 왔잖아. 엄마가 아빠를 욕할 때마다 나도 그런 사람이 된 것 같은 기분이 드는데…… 엄마는 내 맘을 이해 못 했어. 그냥 내가 아빠를 좋아해서 아빠 흉을 못 보게 하는 줄만 알더라. 사실 나는 나 자신을 지키고 싶었던 건데……. 그래서 엄마가 그럴수록, 나는 아빠 생각을 했어. 엄마 모르게 속으로 생각했지."

어린 보연이 자기에 대해 무슨 생각을 했을지 남훈 씨는 궁금했다.

"아빠는, 내 상상 속의 아빠하고 똑같아." 보연이 말했다. "이렇게 다정한 아빠를 늘 나는 상상했지. 아빠는 절대 화내지 않고 무엇이든 잘 안다고 믿었어. 봐! 아빠는 지금도 엄마 흉을 안 보잖아? 내 반쪽이 엄마한테 왔으니까 그걸 존중해주는 거지."

막 전처를 흉보려고 했기 때문에 남훈 씨는 부끄러웠다. 깊은 안도감이 그 뒤를 따라왔다.

"아빠가 지금 나타나 정말로 다행이야."

보연이 말했다.

"왜?"

"조금 더 일찍 나타났다면…… 아빠에게 아주 많이 화냈을 거야. 아빠의 새 가족도 따라다니며 괴롭히고."

남훈 씨의 간담이 서늘해졌다.

"하지만 어째서 지금은?"

"내가 좀 늙었어." 보연이 떫게 웃었다. "사랑의 감정도 증오의 감정도 다 시들었지. 이런 나이에 아빠를 만나서 좋아. 돌아보면 후회스럽고 마음 아플, 그런 기억 만들지 않아도 돼서."

"너 안 늙었어." 남훈 씨가 말했다. "아직 고와."

"그렇긴 하지. 하지만 전에는 더 예뻤어. 꿈도 있었고."

무슨 꿈인지 물어보고 싶었지만 남훈 씨는 참기로 했다. 공연히 보연의 마음을 다치게 할까 겁이 났다. 하지만 생각해보니 그것은 허울 좋은 핑계였다. '그 꿈이 너 때문에 좌절됐을까 봐, 그래서 넌 겁이 난 거다. 안 그래?' 남훈 씨는 스스로를 꼬집었다.

"무슨 꿈을 꿨는데. 뭐, 특별히 되고 싶은 게 있었어?"

"배우."

보연이 말했다. 어둠 속에서 그 애의 눈이 반짝 빛났다.

"되지 왜. 해보지. 넌 얼굴이 예뻐서."

남훈 씨가 말했다.

"예쁘긴. 배우 지망생들 사이에서 나 정도는 그냥 귀여운 정도야. 그것도 다 옛말이지만."

"그러니?"

남훈 씨는 공연히 입맛을 다셨다.

"그래도 해보긴 했어."

"언제? 어디서?"

남훈 씨가 반색을 했다.

"고등학교 졸업하고. 숙식 해결해준다는 극단이 있었거든."

"근데 왜 관뒀어?"

고개를 흔들며 보연이 손사래 쳤다.

"너무 집적대더라고, 이놈 저놈 할 거 없이. 성추행을 하도 해대서 뛰쳐나왔어."

고만 콱 숨이 막혀 남훈 씨는 어지러웠다. '어떤 놈이냐! 어떤 놈이 감히 내 딸을!' 그는 주먹을 쥐고 벌벌 떨었다. 하지만 이미 늦었다. 그때, 그는 보연의 곁에 없었던 것이다. 남훈 씨의 고개가 푹 숙여졌다.

"잘했다. 그런 건 참으면 안 되지."

"그래? 난 조금 후회했는데."

보연이 말했다.

"어째서?"

"그때 같이 성추행당했던 애는 계속해서 참았거든. 걘 요새 TV에 나와. 영화도 몇 편 찍었고."

"……"

"아마 내가 그런 걸 참을 만큼 그 일을 좋아하지 않았나 봐. 요샌 그렇게 생각해."

보연이 말했다. 남훈 씨는 급하게 두 팔을 내저었다.

"성공했다는 애는, 참 잘됐다. 그러나 네가 그걸 안 참은 거는, 그것도 참 잘한 거야."

"그래?"

"그래, 잘했다."

"아빠한테 처음으로 칭찬을 받네."

보연이 활짝 웃었다.

"아직도 배우가 되고 싶어?"

조심스럽게 남훈 씨가 물어보았다.

보연은 단호히 고개를 흔들었다.

"그런 줄 알았는데, 난 그냥 다른 인생을 살고 싶었나 봐. TV에 나오는 멋진 인생. 근데 극단에 있으면서 그게 다 가

짜라는 걸 알았어. 무대 위에서 잠깐 반짝하는 거지. 시시해도, 지금 내 인생이 좋아. 어떤 표정도 어떤 말도 내 마음대로 할 수 있잖아? 배우라는 거 별로야. 만날 이래라저래라 지적이나 받고, 자기 기분과 다른 감정을 짜내야만 해. 난 지금 내 일이 좋아. 정확히 말하면, 회계 때문에 생기는 스트레스를 버틸 만큼 이 일이 좋아. 우리 사장만 빼면, 누구도 나한테 이래라저래라 못 하거든."

스페인 여행 마지막 날. 남훈 씨는 몸단장을 마치고 카를로스가 선물한 긴 양말을 신었다. 그 위에 맞춤 정장을 갖춰 입고, 보연과 함께 호텔을 나섰다. 아침 비행기를 타고, 그들은 마드리드에서 다시 세비야로 가 스페인 광장에 도착했다. 손을 꼭 잡고.

갖가지 타파스로 점심을 먹고, 잔뜩 배가 부른데도 아이스크림을 먹고, 이것저것 기념품을 사고 사진을 찍은 뒤 그들은 유유히 흐르는 운하를 따라 걸었다. 어디선가 칸타오라(cantaora: 플라멩코 여성 가수)의 노랫소리가 들려와 남훈 씨는 광장을 두리번댔다. 그는 당황한 보연의 손을 끌다시피 해 무희들을 찾아냈다. 광장 한구석에서 흥 오른 칸타오라가 주문을 걸듯 노래를 하고 있었다. 곁에선 붉은 스커트를 입은 무희가 매력적인 포즈로 관객 숲을 거닐며 참여를 유도했다. 수줍은 관객이 얼굴을 붉히며 하나둘 물러서고, 아름다운 무희가 자신 앞에 왔을 때, 남훈 씨는 그 손을 꽉 잡았다. 발뒤꿈치로 흥겹게 바닥을 걷어차며, 그는 무희의 초록색 눈을 똑바로 봤다.

"다리를 보지 마세요. 눈을 보세요. 그래야 상대의 몸짓을 읽을 수 있어요."

플라멩코 강사의 말이 그의 귀에 윙윙댔다.

파트너와 함께 플라멩코 연습을 할 때, 남훈 씨는 파트너 몸에 손을 대는 게 무척이나 어려웠다. 눈을 맞추고 춤을 추는 것도 곤혹스럽기 짝이 없었다. 그는 아내를 빼고, 아니 아내와도 그런 식으로 강렬한 눈 맞춤을 나눈 적이 없던 것이다. 도무지 진도가 나가지 않자 플라멩코 강사가 연습을 중지시켰다.

"남훈 님, 이 여자분은 남훈 님을 사랑하지 않아요."

"그, 그럴 테죠."

남훈 씨는 더듬거렸다.

"물론 남훈 님도 이 파트너를 사랑하지는 않을 겁니다. 그렇죠?"

얼굴이 벌게진 채 남훈 씨는 고개를 끄덕거렸다.

"하지만 남훈 님이 사랑한 누군가가 있을 거예요. 그게 아직 만난 적 없는 미지의 누구라도 괜찮습니다. 그 사람을, 남훈 님은 파트너에 투영할 수 있어요. 오직 무대에서 춤추는 순간에만 가능한 일이죠. 음악이 끝나면 현실로 돌아옵니다. 파트너는 단순한 파트너. 아시겠죠?"

"알지만, 할 수 있을지 모르겠네요."

남훈 씨가 쭈뼛거렸다.

성난 낯으로 가슴을 부풀리고, 플라멩코 강사가 그의 파트너를 갑자기 빼앗았다. 그 여자의 허리를 한 팔로 감고, 곱슬머리 강사는 키스라도 할 듯이 여자를 바라봤다. 낯을 붉히면서 여자도 강사의 눈을 피하지 않았다. 그들의 몸뚱이에서 활활 불이 타는 듯했다. 그렇게 뜨거운 감정을 그토록 짧은 순간에 만들어낼 수 있다니, 남훈 씨는 깜짝 놀랐다. 늘 무표정하던 플라멩코 강사의 심장이 얼마나 단단한 무쇠로 되어 있는지, 그것은 얼마나 믿을 만한 용광로인지 남훈 씨는 감탄했다. 여자와 맹렬히 춤을 추면서 강사가 말했다.

"플라멩코를 출 때 말이죠, 가장 중요한 건 사랑입니다. 그건 이성 간의 사랑만 뜻하는 게 아녜요. 인간에 대한 사랑을 뜻하는 거죠. 그것이 타지를 떠돌며 살고 사랑한 집시의 정신입니다."

　중절모를 쓰고 멋진 정장을 입고 붉은 행커치프를 꽂은 채 춤추는 남훈 씨를 보고 관광객들이 몰려들었다. 누군가가 손뼉을 치자 인종과 국적을 떠난 모든 사람이 환호하며 다 함께 손뼉을 쳤다. 그 리듬 속에서 남훈 씨는 뜨거운 불을 느꼈다. 그것은 환희와 쾌감과 자신감으로 벌겋게 솟아 그의 몸을 태우고 있었다. 이국적인 차림의 관객들 사이로 남훈 씨는 보연의 얼굴을 찾아냈다. 뜨거운 스페인의 햇살 아래서 그 쨍한 얼굴이 부서져라 웃고 있었다.

　'그래, 나는 플라멩코를 춘다!'

　허리를 세우고 남훈 씨는 우아하게 발을 놀렸다. 기분 좋은 탭 소리가 스페인 광장을 가득 채웠다.

21. 다시, 일상으로

"영감님, 오늘 공사는 여기 삼거리에서 진행할 겁니다."

뜨거운 태양 아래 인상을 쓴 채 작업반장이 말했다.

남훈 씨는 안전모를 쓰면서 고개를 끄덕였다. 개나리가 다글다글 피어난 골목 귀퉁이에 앉아 그는 상수도의 배관도를 들여다봤다. 그것은 수많은 공사 일자와 수정된 위치 표시로 복잡하고 어수선했다.

"작업 순서가 어떻게 됩니까? 일단 브레이커로 지반을 뚫고 그다음에 버킷으로 파내실 거죠?"

작업반장을 올려다보고 남훈 씨는 고개를 끄덕였다.

"지난번 통화 때도 말씀드렸지만 이건 땜빵이 아니에요. 우리 회사에서 처음 맡은 관공서 일이거든요. 아주 중요한 공사입니다. 꼭 잘해주셔야 돼요."

"알았어. 걱정 마."

남훈 씨가 말했다.

작업반장이 다른 작업자들에게 주의 사항을 전하러 가자 남훈 씨는 배관도를 마저 보았다. 그는 작업 구역과 안

256

전 요원의 위치를 확인하고, 민간인 통행 구역을 꼼꼼히 봐 두었다. 도로는 삼거리인데 안전 요원은 두 명이어서 그는 굴착기의 후방카메라 위치를 다시 잡았다.

늙다리 청년의 땜빵을 뛸 때 안면을 튼 작업반장이 연락을 준 건 스페인 여행을 다녀온 직후였다. 남훈 씨는 아내에게 1년간 안식년을 줄 참이어서 일할 기회를 노리고 있었다. 그는 미안한 마음을 누르고 늙다리 청년에게 전화를 했다. 그리고 굴착기를 되찾았다. 렌털 계약한 기간이 남아 있어서 그는 청년이 다른 굴착기를 구입할 수 있게 여러 가지로 도움을 주었다. 늙다리 청년은 배포 좋게도 06더블버킷이 달린 중고 차량을 골랐는데, 그걸 받자마자 전문점으로 몰고 가 CD플레이어와 스피커를 달았다.

워낙 오래된 상수도관의 교체 작업이어서 남훈 씨는 긴장을 했다. 만일의 상황에 대비해 그는 아주 천천히 지반을 뚫어냈다. 아니나 다를까. 얼마 뚫지도 않았는데 고압선이 불쑥 나왔다. 작업 일정에 쫓겨 그가 자칫 경솔히 굴었다면 자신은 물론이고 여럿이 크게 다쳤을 것이었다.

"아니, 이게 뭐예요? 그럼 뭐를 어떻게 해야 되는데? 골치 아프네."

작업반장이 짜증을 부렸다.

"한전에 연락해. 물론 자네 담당 공무원한테 먼저 보고한 뒤에."

남훈 씨가 말했다.

전력 기술자들이 나타나 문제를 해결할 때까지 그는 신중한 태도로 주변을 팠다. 어찌 됐건 정해진 시간 안에 상수도관 교체도 해야 하니까.

운전석에 앉아 네 가지 레버와 작업 핸들을 잡아 돌리며 남훈 씨는 모처럼 일에 대한 희열을 느꼈다. 그것은 스페인 광장에서 플라멩코를 췄을 때만큼이나 그에게 커다란 만족감을 줬다.

27년 전, 그는 죽음의 위기를 넘어섰다. 그리고 직장을 그만뒀다. 힘든 시간 함께한 일을 그만두어야 새 마음으로 새 시간들을 채워갈 수 있을 듯했다. 남훈 씨는 필사적으로 새 일을 찾아 헤맸다. 그 일은 사무실에 붙박여 하는 일이 아니라 세상을 누비면서 하는 일이어야 했다. 팔다리를 끝없이 움직이는 일이어야 했다. 중장비 기사는, 사회적으로 고귀하다고 평가받는 직은 아니었지만 그의 목적에 딱 맞는 완벽한 직이었다.

굴착기의 기본 작업은 땅을 파고 메우는 것. 그것은 불도저처럼 한 번에 밀어붙이는 것이 아니다. 바닥을 다지기만 하는 롤러처럼 작업자를 지루하게 하지도 않는다. 보드라운 땅에서 쓰레기나 암석을 골라내고, 수도관 따위를 교체하느라 파헤친 땅을 되메우는, 창의적이고 흥미로운 일이다. 그가 버킷으로 땅을 덮고 다지면, 그 위에 도로가 깔리고 집이 생기고 아름다운 공원이 들어섰다. 남훈 씨는 그 모든 건축의 기초에 기여하는 게 좋았다. 그 일을 통해 가족을 먹이고 집을 샀다. 스페인으로 여행도 갔다. 소중한 천직이었다.

퀵보드를 타고 돌진한 아이가 버킷에 부딪는 걸 피하는 것으로, 상수도관 교체 작업은 무사히 끝났다. 남훈 씨는 중장비 전용 주차장에 차를 세우고 천천히 걸어 집으로 갔다. 샤워를 마치고 주방으로 가자 아내가 끓인 삼계죽이 식탁 위에 차려져 있었다. 새하얀 종지에 연근조림과 백김치 그리고 올리브가 담겨 있었다. 올리브는 남훈 씨가 스페인에서 사 온 여러 가지 중 하나였다.

"한국에서 먹은 올리브는 올리브도 아니구먼!"

스페인 식당에서 보연과 함께 올리브를 먹고, 남훈 씨는 소리쳤다. 가게 주인에게 물어, 그는 스페인 동네 시장에서 올리브 통조림을 잔뜩 사 왔다. 순하고 속 편한 음식을 만들 때마다 아내는 그 고소한 올리브를 반찬으로 조금씩 냈다. 남훈 씨가 삼계죽을 절반쯤 먹었을 때 도어록이 열리더니 선아가 들어왔다. 초췌한 얼굴이었다. 그 애는 2주 앞으로 다가온 결혼식을 위해 이것저것 준비를 하고 있었다.

"어머, 웬 죽? 배고픈데 잘됐다."

옷도 갈아입지 않고 손만 씻은 뒤 그 애는 자리에 앉아 허겁지겁 먹었다. 자식 입에 음식 들어가는 걸 보는 것만큼 기분 좋은 일이 또 있을까? 남훈 씨는 선아의 죽 그릇 앞에 올리브 종지를 밀어주었다. 멀리 보내는 것도 아니고 작은 평수의 옆 단지에 신혼살림을 차릴 텐데도 마음이 좋지 않았다. 영영 헤어지기라도 하는 것처럼 속이 아렸다.

"아 참, 이런 게 왔던데."

아내가 다용도실로 가 택배 상자를 가지고 왔다. 물건을 보고 남훈 씨는 수저를 내려놓았다.

"다 먹고 열어봐요."

아내가 말했으나 그는 듣지 않았다. 택배 송장에 보연의 이름이 적혀 있었다. 거실 탁자에 상자를 놓고 남훈 씨는 급히 테이프를 뜯었다. 그 안에 더 작은 상자가 있고, 그 속에 두꺼운 앨범이 들어 있었다. 묵직한 것을 들어 올리자 하늘색 봉투가 툭 떨어졌다.

"그게 뭐야?"

죽을 먹다 말고 선아가 일어섰다. 아내도 슬그머니 다가왔다.

"글쎄. 무슨 앨범인가 봐."

고개를 갸웃하고 남훈 씨는 펼쳐보았다. 빈터만 덩그러니 있는 게 무슨 사진인지 감이 안 왔다. 선아도 아내도 알쏭달쏭한 얼굴로 고개를 갸웃했다. 앨범을 두어 장 더 넘기고서야 남훈 씨의 입에서 탄성이 새어 나왔다.

"내 사진이다!"

남훈 씨가 말했다.

"아빠 사진이라고요? 여기 아빠가 어디 있는데? 순 공터뿐이잖아."

선아가 앨범을 당겨 함부로 들췄다. 그 손을 잡아떼고, 남훈 씨는 앨범의 앞부분부터 다시 넘겼다. 쑥대밭과 빈터와 단단하고 작은 건물들, 공원들, 농지가 나타났다. 그것은 모두 그의 사진이었다. 더 정확히 말하면 그가 찍은 사진들. 남훈 씨는 재빨리 봉투를 뜯어보았다. 기울어지고 삐죽 솟은 보연의 필체가 하늘색 편지지 위에 새 떼처럼 찍혀 있었다.

미안해.

첫 문장은 그렇게 시작됐다.

스페인에서의 마지막 밤. 아빠의 휴대폰을 잠깐 훔쳤어. 아빠가 어떻게 살고 있는지, 또 어떻게 살아왔는지 너무나 궁금했거든. 그런 것들을 이해하기에 우리가 함께한 여행은 짧았고, 앞으로의 시간들도 그러리란 생각이 들었어. 하지만 난 욕심 있는 사람이고 아빠에 대해 조금 더 알고 싶었지. 사진들을 보면, 그럴 수 있을 것 같더라.

아빠가 찍은, 혹은 아빠의 가족이 찍은 무수한 사진을 나는 봤어. 아빠가 가족이나 동료와 나눈 문자도 조금 봤고.(정말 미안해!) 그것들을 보면서 아빠랑 아빠의 가족이 어떤 사람들인지 또 어떻게 살아왔는지 나는 느꼈어. 그래, 그렇게 쓰는 게 맞을 것 같아. 알게 됐다기보다는 느끼게 됐다고. 그러다 이상하고 황량한 사진들이 잔뜩 있는 폴더를 봤지. 처음엔 그게 뭔지 알 수 없었어. 하지만 아빠가 무슨 일을 하면서 살았는지 얘기했던 게 기억났고, 그제야 그 사진이 뭘 뜻하는지 알 수 있었어.

사실이 어떤지는 알 수 없지만…… 난 아빠가 그 사진들을 찍어놓고 다시 보지 않았다는 느낌을 받았어. 아빠 그냥 필요에 의해 그것들을 찍었고, 언젠가 그것들을 써먹을 생각이었겠지. 뭐, 작업한 돈을 떼이거나 했을 때 말야.

내 눈에는 그 사진들이 의미가 있어 보였어. 그래서 아빠가 다시 그 사진들을 보면 좋을 것 같더라. 마치…… 아빠가 나를 다시 찾았듯이.

이 앨범을 보고 아빠가 어떤 느낌을 받을지 모르겠어. 하지만 이것이 솔직한 내 생각이야. 아빠의 휴대폰을 몰래 뒤진 사과의 표시로 나도 뭔가 주고 싶었어.

편지는 아직 끝나지 않았다. 하지만 남훈 씨는 앨범을 다시 보았다. 지나온 세월이 그의 머릿속에 촘촘히 떠올랐다. 처음 일을 시작할 때의 어려움. 실패한 작업 현장. 실컷 일을 하고도 기한을 맞추지 못해 돈을 떼였던 경험. 처음으로 실력을 인정받은 공사장 등. 하지만 어떤 것은 언제 찍은 사진인지 기억이 나질 않았다. 처음에 그는 자기 기억력에 문제가 생긴 걸로 여겼다. 하지만 그게 아니라는 게 분명해졌다. 장소를 담는 데 급급했던 그의 사진과 달리, 새로운 사진들은 구도가 명확했다. 그것은 스페인 여행 때 눈에 익힌 보연의 솜씨였다.

남훈 씨는 편지를 다시 잡았다.

아빠가 일한 곳이 어디인지 가보고 싶었어. 하지만 그냥 공터만 봐서는 어디가 어딘지 알 수 없더라. 간혹 무슨 간판이나 지명 적힌 표지판이 보여서 처음엔 그냥 심심풀이로 검색을 했어. 오해는 하지 마. 난 무슨 스토커가 아니니까. 그냥 그게 재밌더라고. 퇴근하고 집에서 TV 보는 대신 지도를 뒤적거렸지. 아빠가 공사한 장소를 처음으로 찾았을 땐 마치 어린 날 보물찾기에 성공한 듯한, 꼭 그런 기분이었어.

남훈 씨는 또다시 앨범을 봤다. 작은 도서관, 편의점, 포도밭, 연립주택, 놀이터……. 그런 것들이 남훈 씨가 찍은 공터 옆으로 배치가 되어 있었다. 거칠고 투박한 손으로 남훈 씨는 사진을 어루만졌다. 굵은 눈물이 그 위로 툭 떨어졌다.

"아빠, 울어?"

선아가 놀라 그의 뺨을 어루만졌다.

"그래, 아빠 운다."

남훈 씨가 말하고 고개를 푹 숙였다. 그는 더 이상 사진을 볼 수 없었다. 때로는 눈길 위에, 때로는 빗물 웅덩이 속에, 때로는 쨍한 태양 아래, 보연의 작은 발이 귀퉁이마다 찍혀 있었다. 어쩌면 그 애가 보여주고 싶었던 건 바로 그게 아니었을까. 주말마다 혹은 휴일마다 제 아비의 흔적을 찾아 그 애가 헤맸을 것을 생각하니 남훈 씨는 속이 상했다.

"아빠 왜 그래……. 이거 슬픈 사진이야?"

선아가 물어보았다.

"아마도 슬픈 사진은 아닌 것 같아."

곁에 앉아, 아내가 그의 등을 어루만졌다.

견딜 수 없어, 남훈 씨는 편지를 들고 서재로 갔다. 그는 방구석에 주저앉아 편지를 마저 읽었다.

있잖아, 신기한 일이 있어. 언젠가 거기 도서관에 내가 가본 적 있다는 거지. 대학 때 친구가 그 근처에 살아 그 도서관에서 같이 공부한 적이 있거든. 그땐 그냥 생각 없이 있다 왔는데, 그 건물 기초공사를 아빠가 했다니, 그리고 거기에 내가 있었다니 기분이 이상하더라.

그런 다음 보연은 여백에 자기의 웃는 얼굴을 그려놓았

다. 남훈 씨는 그것을 손으로 더듬었다.

나는 말이지. 그동안 생각했어. 아빠 없이도 잘 살았다고. 아빠가 내 앞에 나타나지 않았어도 잘 살아갔을 거라고 지금도 생각해. 하지만 문득 그런 생각이 들었어. 그동안 내가 정말 잘 살았던 걸까? 나는 더 안전하고 더 행복할 수 있지 않았을까? 생각이 그런 쪽으로 미치는 건 무척 불편한 일이더라. 그래서 나는 또 생각했어. '어쩌면 더 불행하고 더 위험한 삶을 살았을 수도 있다.' 그러니까 만일 내가 더 못된 아빠, 더 못된 엄마를 만났더라면 말야.
도망치는 것 같지만, 그렇게 생각하니까 기분이 조금 나았어. 뭐, 누구든 자기 몫의 운명이 있는 거겠지. 어쨌든 지금은 아빠가 생겨서 좋아. 아빠가 한 달에 한 번은 나를 꼭 만나러 와서 그것도 참 기뻐. 우리가 엄마에 대해 사소한 흉을 나누며 농담을 할 때, 그럴 때 나는 참 좋아.

다음번 만나는 날을 잊지 말라는 당부를 끝으로 보연의 편지는 끝이 났다.
지금, 묵직하게 가슴을 누르는 기분의 정체가 뭔지 남훈 씨는 이해하기 어려웠다. 슬픈 것일까? 아니면 고통스러운 것일까? 묵묵히 그는 고개를 흔들었다.

'아니, 나는 기쁘다. 그리고 또 조금 벅찬 거야.'

자리에서 일어나 남훈 씨는 서재의 CD 컬렉션 중 조르주 비제를 골랐다. 플레이어에 넣고 재생 버튼을 누르자 그 유명한 「투우사의 노래」가 시작되었다. 황소처럼 달려 나온 현악기 소리를 듣고 남훈 씨의 기분이 유쾌해졌다.

편지를 접고, 남훈 씨는 휴대폰을 집어 보연에게 문자메시지를 보냈다.

'앨범 잘 받았다. 뭐 이런 걸.' 그런 다음 그는 망설이다가 문자를 또 하나 보냈다. 'Te quiero, hija mía.(사랑한다, 내 딸.)'

한숨 돌리고 남훈 씨가 막 서재를 나서려는데 보연에게서 답장이 왔다.

'Yo también, papá.(나도요, 아빠.)'

남훈 씨는 놀라서 답장을 했다.

'어떻게, 스페인어를?'

'배우기 시작했어. 아빠의 언어.'

보연도 곧바로 답장을 보내왔다.

무슨 말을 해야 할까. 남훈 씨는 몇 번이나 문자를 썼다지웠다.

'누가 그러는데, 새로운 언어가 새로운 관계를 만들어 준단다. 앞으로 좋은 일이 생길 거야. 네 삶에.'

카를로스의 말을 인용해 쓰고, 남훈 씨는 책상 앞에 앉아서 '청년일지'를 폈다. 그는 빨간 펜을 들어 일곱 번째 과제에 동그라미를 치고는 검은 펜으로 바꿔 들었다.

과제8. 한 달에 한 번은 꼭 보연을 볼 것

남훈 씨는 그렇게 썼다. 그리고 '청년일지'를 탁 덮었다.

혼불 문학상

심사평

    제11회 혼불문학상에 응모한 작품 374편 중 예심을 거쳐 최종심에 올라온 작품은 5편이었다. 본심 심사위원 5명은 몇 주에 걸쳐 꼼꼼하게 작품을 읽고 당선작을 가릴 최종심을 2021년 6월 중순 전주 MBC에서 진행했다.

    심사위원 대부분의 의견은 안타깝게도 최종심에 올라온 작품의 수준이 다소 떨어지고 고르지 못하다는 것이었다. 하지만《혼불문학상》의 위상을 재정립하고 더 젊은 문학상으로 나아가기 위한 발판이 필요하다는 데 의견을 모으고 그에 합당한 작품을 찾기 위해 장고에 들어갔다. 1차 의견수렴과 심사위원 투표를 통해 최종적으로 논의된 작품은 다음과 같다.

    『도서관의 유령들』, 『흐린 숲 너머』, 『플라멩코 추는 남자』 이상 세 작품이다.

    『도서관의 유령들』은 시대의 지성을 모아두는 공간이자

책들의 무덤이라는 상징 공간을 보여줌으로써 다양한 독서 편력과 현란한 비유품으로 의미와 기억이 사라지는 시대를 비판하고 있다. 하지만 도서관에 거주하는 유령을 소재로 하는 서사들이 너무 많고,『도서관의 유령들』역시 유령을 증인으로 둔 세계에 대해 이야기하는 것이 진부하게 느껴졌다. 비유와 상징을 실어갈 서사의 뼈대가 허약한 것이 단점으로 이야기됐다. 주인공 니노맨의 사연을 좀 더 앞으로 당겨 드라마가 생성되었으면 하는 아쉬움이 남았다.

『흐린 숲 너머』는 빼어난 묘사력과 단단한 문장력이 돋보여 작가의 소설 쓰기 구력을 짐작케 하는 작품이었다. 작가의 작품 장악력 또한 큰 장점으로 읽혔지만, 메타소설이라는 소재의 진부함과 인물 간 관계의 형상화를 통한 중심 서사의 전개가 모호한 점이 아쉬웠다. 특히 '여자'의 전화로 인해 소설적 주제의 발현이 직접적으로 이루어져 결말 부분에 이르러서는 예의 서사 절정의 효과를 이루어내지 못한 것이 못내 큰 단점으로 읽혔다. '여자'라는 인물의 활용이 서사적으로 큰 이득이 없기에 과감하게 바꾸어 화자의 몫으로 편입시키는 것이 낫다는 의견이었다.

제11회 혼불문학상 수상작은 『플라멩코 추는 남자』다. 이 작품은 유일하게 심사위원 전원에게 고른 지지를 받은 작품이었다. 코로나19 시국에 대한 면밀한 반응과 가족에 대한 위로가 좋은 장점으로 읽혔다. 무엇보다 작품의 가독성이 좋았다. 드라마적 스피디한 전개는 작가의 필력이 훌륭한 수준에 이르렀음을 증명하는 것 같았다. 남을 이해하려는 다양한 시각이 여러 입장에서 기술되어 지금 우리가 살고 있는 현실적 풍경에서 가장 필요한 물음을 반추한 작품이었다. 우리가 희망을 안고 살아야 하는 이유랄지, 소통을 위한 따뜻한 이야기의 전개가 소소한 재미를 주었다. 『플라멩코 추는 남자』가 지금 우리에게 꼭 필요한 작품이라는 데 의견을 모았다. 새로운 작가의 탄생을 환영한다. 오래도록 좋은 작가로 남기를 고대한다.

본심위원: 은희경 전성태 이기호 편혜영 백가흠

수상 소감

허태연

독자님 반갑습니다. '이번 《혼불문학상》 당선자는 누굴까?' 호기심 어린 눈으로 책장을 펼쳐주셔서 감사합니다. 저는 지금 글을 쓰면서 독자님의 눈을 상상하고 있어요. 그 눈에 띄게 되어 얼마나 기쁜지 모릅니다.

제 소설은 아버지에 관한 이야기를 담고 있습니다. 아버지는 제가 열여섯이고, 당신이 마흔둘이던 겨울날 돌아가셨어요. 아버지의 성격을 잘 모르기 때문에 저는 오랫동안 아버지를 창조하며 살아왔습니다.

'1997년 겨울, 아버지가 돌아가시지 않고 살아났다면 어떻게 됐을까?' 그런 생각을 하며 이 소설을 썼습니다. 이야기 속에서라도 그분이 살아계시길 바라며 아버지의 이름을 주인공에게 주었어요. 하지만 소설을 쓰면서 깨닫게 된 건 이 아버지가 꼭 내 아버지는 아니라는 것, 나만의 아버지는 아니라는 것이었습니다.

아버지 없이 자라는 동안 많은 분의 도움을 받았습니다. 제가 의지한 모든 분께 노년의 삶을 상상할 여유를 드리고 싶어요. 그리고 아버지를 잃은 모든 분께 아버지를 상상할 기회를 선물해드리고 싶습니다.

이 나이에 우습지만, 아빠가 제 말을 들을 수 있다면 묻고 싶네요.

"아빠 나 잘했어? 나로 인해서, 아빠 행복해?"

장편소설을 쓰겠다면서 변변한 벌이 없이 6년을 지냈습니다. 싫은 소리 한마디 않고 아껴준 남편에게 고맙다는 말을 전합니다. 언제나 인자하신 시부모님, 따뜻한 시가 식구들 모두 감사합니다. 그리고 일평생 나로 인해 고생하고 "그래도 자식이 있어 행복하다"고 말해준 엄마. '사랑'보다 더 큰 말을 만들어주고 싶네요. 나는 엄마로 인해 세상에 왔고, 삶의 모든 기쁨과 행복을 알게 됐어요.

끝으로 소설을 뽑아주신 심사위원님들,《혼불문학상》의 모든 관계자님들 감사합니다. 앞으로도 흥미로운 이야기로 독자님들을 만날 수 있게 열심히 살겠습니다.

제11회 혼불문학상 수상작

플라멩코 추는 남자

초판 1쇄 발행 2021년 9월 17일
초판 5쇄 발행 2023년 10월 31일

지은이 허태연
펴낸이 김선식

경영총괄이사 김은영
콘텐츠사업2본부장 박현미
책임편집 임경섭 **책임마케터** 문서희
콘텐츠사업6팀장 임경섭 **콘텐츠사업6팀** 한나래, 임고운, 정명희
편집관리팀 조세현, 백설희 **저작권팀** 한승빈, 이슬, 윤제희
마케팅본부장 권장규 **마케팅4팀** 박태준, 문서희
미디어홍보본부장 정명찬 **영상디자인파트** 송현석, 박장미, 김은지, 이소영
브랜드관리팀 안지혜, 오수미, 문윤정, 이예주 **지식교양팀** 이수인, 염아라, 김혜원, 석찬미, 백지은
크리에이티브팀 임유나, 박지수, 변승주, 김화정, 장세진
뉴미디어팀 김민정, 이지은, 홍수경, 서가을
재무관리팀 하미선, 윤이경, 김재경, 이보람, 임혜정
인사총무팀 강미숙, 김혜진, 지석배, 황종원
제작관리팀 이소현, 최완규, 이지우, 김소영, 김진경, 박예찬
물류관리팀 김형기, 김선진, 한유현, 전태환, 전태연, 양문현, 최창우, 이민운

펴낸곳 다산북스 **출판등록** 2005년 12월 23일 제313-2005-00277호
주소 경기도 파주시 회동길 490
전화 02-704-1724 **팩스** 02-703-2219
이메일 dasanbooks@dasanbooks.com
홈페이지 www.dasan.group **블로그** blog.naver.com/dasan_books
용지 IPP **인쇄** 한영문화사 **코팅 및 후가공** 평창피엔지

ISBN 979-11-306-4122-5 (03810)

· 책값은 뒤표지에 있습니다.
· 파본은 구입하신 서점에서 교환해드립니다.
· 이 책은 저작권법에 의하여 보호를 받는 저작물이므로 무단 전재와 복제를 금합니다.

다산북스(DASANBOOKS)는 독자 여러분의 책에 관한 아이디어와 원고 투고를 기쁜 마음으로 기다리고 있습니다.
책 출간을 원하는 아이디어가 있으신 분은 다산북스 홈페이지 '투고원고'란으로 간단한 개요와 취지, 연락처 등을 보내주세요.
머뭇거리지 말고 문을 두드리세요.